Christian Adam Horn

Fanni und Thomson, oder, Der Sieg der Liebe

Ein Schauspiel in fünf Akten

Christian Adam Horn

Fanni und Thomson, oder, Der Sieg der Liebe
Ein Schauspiel in fünf Akten

ISBN/EAN: 9783743643970

Hergestellt in Europa, USA, Kanada, Australien, Japan

Cover: Foto ©Andreas Hilbeck / pixelio.de

Weitere Bücher finden Sie auf **www.hansebooks.com**

Fanni und Thomson,

oder

der Sieg der Liebe.

Ein

Schauspiel in fünf Akten

von

C. A. Horn, J. C.

Prag,
bei Kaspar Widtmann,
1798.

Handelnde Personen.

Herr Wilkes.

Frau Wilkes.

Miß Fanni Wilkes.

Brigitta, Kammermädchen.

Peter, Bedienter.

Herr Filding.

Frau Filding.

Miß Emilia Filding.

Herr Thomson, Stiefsohn des Herrn Filding.

Jakob, Bedienter.

Herr Pope.

Herr Kapitain Klinton.

Korporal Trim.

John, Bedienter des Kapitain.

Ein Beamter.

Ein Schreiber und

Ein Gerichtsdiener.

Erster Akt.

Der Schauplatz ist ein Garten, die Vorstellung an einem schönen Frühlingsabende.

Erster Auftritt.

Fanni und Brigitta.

Fanni. (indem sie nach der Uhr sieht.)

Erst ist die Glocke neun. Sieh, Brigitta! wie Mond und Sterne so helle leuchten und die Stunde so deutlich zeigen, die mir Thomson in meine Arme führen soll! Siehst du die Zahl 10.?

Brigitta. So deutlich, wie am lichten Tage.

Fanni. Sieh! das ist die Stunde, wo er erscheinen wird, die Wonnestunde der letzten Verabredung! Ach daß der Zeiger diesen Kreislauf schon vollendet hätte! Eilet, ihr Sterne! Beflügle deinen Lauf, o Mond! und führe sie heran, die selige Stunde! Sieh, wie der Himmel so freundlich auf uns lächelt! Fühlst du bei dieser Heiter=

keit nicht auch die geheime Ahndung eines glückli=
chen Ausgangs?

Brigitta. Es soll mich freuen, wenn
diese Heiterkeit des Himmels einen erwünschten
Ausgang prophezeiht; aber hinter dem heitersten
Horizont ziehen oft schwarze Gewitterwolken auf.

Fanni. Laß sie aufziehen! Meinen Ent=
schluß werden sie nicht ändern. Unter Sturm und
Wetter ist die Flucht am sichersten. Horch, Bri=
gitta! — Horch! wie die Nachtigall so bezaubernd
singt! Horch! wie sie ihren Gatten so zärtlich
ruft! — Kennst du diese Sprache der Liebe?

Brigitta. Entzückend! — Aber hören
sie auch, wie die Eule ihr klägliches Geschrey da=
zwischen heult?

Fanni. Laß sie heulen! Auch sie heult
Klagen der Liebe. O wie glücklich seyd ihr ihr
unschuldigen Geschöpfe! Euch hält keine eigensin=
nige Mutter bei den Fittigen von dem Gegenstan=
de eurer Liebe zurück. Wenn die liebende Mensch=
heit an Fesseln liegt, folgt ihr ungehindert dem
sanften Zuge der Natur! A! wie ist einem so
wohl, wenn man dem Kerker des Zwangs sich
entrissen hat, und in Freiem frische Luft athmen
kann! Wie wird einem so leicht um die von Ent=
würfen und Sorgen beklemmte Brust, wenn man
unter Gottes heiterm Himmel Mond und Sterne
auf sich hernieder lächeln sieht, und rings um
Stimmen der Liebe hört!

Brigitta. Mir ist auch so leicht ums Herz, als wie einer die dem Zuchthause zu entlaufen gedenket.

Fanni. Wie so?

Brigitta. Leben wir denn unter der Aufsicht der Frau Wilkes nicht wie unter der Aufsicht einer Zuchtmeisterinn?

Fanni. Es ist meine Mutter, Brigitta! Aber du hast Recht. — Wenns erst einmal vollführt ist! — wenn das Schiff auf den Wellen schwimmt, das uns dieser strengen Aufsicht vollends entreißt! —

Brigitta. Ja! wenns vollführt ist! — Aber zwischen Entwurf und Ausführung ist noch eine große Kluft befestigt; eine Kluft von dreißig Stunden, worinnen noch tausend Entwürfe zertrümmern können.

Fanni. Diese Stunden beflügelt die Liebe, und die Entschlossenheit führt uns auf leichten Schwingen über diese Kluft hinüber.

Brigitta. Und wenns bestiegen ist das Schiff, so uns entführen soll, und es fliegt bei günstigem Winde mit vollen Segeln dahin, dann ergreift es vielleicht mitten auf seinem Wege ein Sturm, und wirft es auf eine Sandbank oder an einen Felsen, daß alle Entwürfe auf einmal mit ihm scheitern.

Fanni. Was doch das Mädchen sich nicht für vergebliche Sorgen macht! Laß ihn daher brausen den Sturm! Laß den Mast zerbrechen!

Laß die Wellen über uns zusammenschlagen! Genug, wenn Thomson mich dann in seinen Armen hält, und ich ihn in den meinen! Dann mag es immerhin scheitern, und sinken dies bretterne Haus! Der Abgrund, so uns verschlingt, wird dann unser Brautbett. — Aber wo bleibt er? (sie sieht nach der Uhr) Sieh! der Zeiger ist nicht weit mehr von 10.!

Brigitta. Da kommt er die Allee herauf!

Fanni. Wie? — Ja! das ist die erhabne Gestalt des geliebten Jünglings! Das ist sein edler Gang! O Augenblick des Entzückens! Geh! Brigitta! Halt Wache an der Gartenthüre! Sey mein Cherub!

(Brigitta ab.)

Zweiter Auftritt.

Fanni und Thomson.

(Sie fliegen einander in die Arme.)

Fanni. Willkommen! mein Thomson!

Thomson. Willkommen! meine Fanni!

Fanni. Schon lange bin ich hier, und harre ihrer.

Thomson. Die Glocke ist noch nicht 10.

Fanni. Ich bin eine Stunde früher gekommen, damit sie den Garten sogleich offen finden möchten.

Thomson. Und mir hat die Liebe meine Schritte beflügelt, um meine Fanni an der Gartenthüre zu erwarten, und dann hier in ihren Armen die Entscheidung unsers Schicksals zu vernehmen.

Fanni. Es ist alles entschieden, mein Thomson! Unser Glück wird nichts mehr stöhren.

Thomson. O Worte des Entzückens! Ists? Haben sie zu dem Herzen ihrer Mutter noch einen Weg gefunden?

Fanni. Nein! Das ist und bleibt gegen alle Vorstellungen verschloßen, gegen alles Flehen, gegen alle Thränen unbeweglich.

Thomson. Und unser Glück? —

Fanni. Wir fliehen.

Thomson. Fliehen? und wohin?

Fanni. Nach Amerika, oder wohin Wind und Wellen uns treiben. — Nun? — Warum sind sie so niedergeschlagen? Schrenkt sich ihre Liebe zu mir nur auf den englischen Boden ein? oder fürchten sie sich für Wind und Wellen?

Thomson. O meine Fanni! Wie mögen sie den um den Umfang seiner Liebe fragen, dessen Leben ohne sie nur ein elender Traum ist? Meine Liebe zu ihnen kennt keine Gränzen! Ich begleite sie an alle Enden der Welt; meine Liebe zu ihnen weis von alle dem nichts, was die Natur schreckliches haben mag, sie scheuet keine Gefahr und keinen Tod. Aber —

Fanni. Nun! Was wollen sie mit diesem Aber? Giebts jenseit des Meers nicht auch Menschen? Blühen dort nicht auch die Bäume? Scheinen dort nicht auch Sonne, Mond und Sterne?

Thomson. Aber wenn ich den Armen ihres rechtschaffenen Vaters seine einzige geliebte Tochter entführe, wird ihn sein Schmerz den Tag dieser Nachricht überleben lassen?

Fanni. Aber wenn der Eigensinn meiner Mutter mich mit unbarmherziger Hand den Armen meines geliebten Thomson entreißt? und alle Bitten unerhört bleiben, alle Thränen vergebens fließen, und im Schooße meiner Mutter, in den Armen meines Vaters mich der Gram tödtet? — Ist es nicht besser, wenn ich auf einem andern Flecke dieser Erde fortlebe, von dem meine Eltern mich an der Hand meines Geliebten wieder haben können, als wenn in meines Vaters Hause ein freier kummervoller Tod mein Leben unwiederbringlich endet?

Thomson. Wie aber? Wenn das Land, worein wir kommen, oder die Menschen so darinnen wohnen, ihnen nicht gefallen sollten?

Fanni. An ihrer Seite ist mir jedes Land ein Lustgarten, und alle Menschen sind mir recht, die sich unsrer Verbindung nicht widersetzen.

Thomson. O meine Fanni! Wie groß ist ihre Liebe zu mir!

Fanni. Und das wußten sie noch nicht?

Thomson. Ich war noch nie in der Versuchung, so viel aus ihrem Munde zu erfahren.

Fanni. Nun? Sind sie entschlossen?

Thomson. Gebieten sie über ihren Anbeter, meine Fanni! Ich fliehe mit ihnen in den entferntesten Welttheil.

Fanni. Aber sie haben nur einen einzigen Tag Zeit, sich fertig zu machen. Uebermorgen früh mit Anbruch des Tages muß die Flucht angetreten werden.

Thomson. Zeit genug für einen Glücklichen, um sich mit dem größten Gute zu retten, das er auf Erden hat! Und wo treffen wir zusammen?

Fanni. Auf der nächsten Poststazion von hier nach Wackefield.

Thomson. Haben sie auch alle Anstalten so getroffen, daß man unsre Flucht nicht zu frühzeitig erfährt, und wir auf dem festen Lande nicht noch eingeholt werden können?

Fanni. Ueber diesen Punkt seyn sie ruhig! Wir werden längst unter Segeln seyn, ehe ein Wind davon zu meinen Eltern kommt.

Thomson. Ich bin sehr begierig, ihren Plan zu hören, und die Anstalten, so sie getroffen haben.

Fanni. Das sollen sie nun alles hören:

Während der vierzehn Tage, worinn ich mich nur schriftlich mit ihnen unterhielt, und die mir so lang als ein Jahrhundert wurden, beschäftigte ich mich im Stillen mit dem Plane zu unsrer Flucht, und hielt mit der Eröffnung meines Plans deßwegen gegen sie zurück, damit auch kein aufgefangner todter Buchstabe unser Verräther werden könne. Bei meinen Eltern ließ ich kein Wort mehr von ihnen verlauten, hielt mich stets zu Hause auf, und zeigte mich in ihren Augen stets heiter. Endlich an einem Abende, da ich meinen Vater sowohl, als meine Mutter in der besten Laune fand, sprach ich vom Pfarrer zu Wackefield, bei dem ich ehemals, wie ihnen bekannt ist, etliche Jahre in der Kost war, und äußerte den Wunsch, bei der gegenwärtigen angenehmen Jahrszeit vier oder sechs Wochen auf dem Lande bei ihm zuzubringen; man war vollkommen zufrieden damit, und ich erhielt augenblicklich die Erlaubniß dazu.

Thomson. Fürtreflich!

Fanni. Wie mirs hier innen gepocht hat, können sie leicht denken. Geflügelt eilt ich auf mein Zimmer, und die Freude wachte die ganze Nacht um mein Bette. Ich fieng nun am folgenden Tage mit Aufgang der Sonne schon an, die nöthigen Anstalten zu meiner Reise zu treffen, und packte alle meine Juwelen nebst einer hinlänglichen Summe am Gelde, welches alles ich schon auf diesen Fall in Bereitschaft hatte, heimlich mit in meinem Koffer. Heute bat ich um Erlaubniß eines Ausgangs, um von einigen Freundinnen Abschied zu nehmen, und das verschafte mir die un=

merkbare Gelegenheit, sie hier von meinem Plane zu unterrichten, und unsre Flucht mit ihnen zu verabreden, auf der uns Brigitta begleiten wird.

Thomson. Herrlich!

Fanni. Zum Glück braucht mein Vater an eben diesem Tage seine Pferde, und ich bekomme Postpferde. Wir können also schon auf der ersten Poststazion den Weg zur Flucht einschlagen, und anstatt nach Wackesield, der See zufahren. Zur Fürsorge habe ich einen Brief bei mir, den ich auf der nächsten Stazion nach Wackesield abgebe, worinn meine gemeldete Ankunft noch auf etliche Tage verschoben ist. Das Schiff, das uns trägt, wird also längst das Ufer verlassen haben, bevor meine Eltern unsre Flucht erfahren.

Thomson. O meine Fanni, wie bewundere ich sie!

Fanni. Sagen sie mir nun, bester Thomson! Können sie sich noch ein Hinderniß denken, welches unserm Glück entgegen seyn könnte?

Thomson. Ihr Plan ist fürtreflich ausgedacht. Sie haben einen englischen Verstand.

Fanni. Sind sie nun entschlossen?

Thomson. Entschlossen? — Mit Entzücken eile ich dem Wonnetage entgegen, der mich mit ihnen zu einer ewigen Verbindung führt. O meine Fanni! Wie lieb ich sie! Wie wallt hier (auf die Brust deutend) die bebende Freude! O meine Fanni! (Er umarmt sie.)

Fanni. O mein Thomson!

Thomson. (Zurückfahrend und horchend) Ich höre rauschen.

Fanni. Seyn sie doch ruhig, bester Thomson! es ist niemand hier der uns belauscht. Der Furchtsame sieht Gespenster, und wer auf der Flucht ist, glaubt immer, man jage ihm nach; — aber nun ist es Zeit — man wird mich erwarten. Also machen sie sich fertig.

Thomson. Wenn wir erst einmal zu Schiffe sind, und das Ufer aus unsern Augen ist!—

Fanni. Und unser Schiff eilt mit vollem Segeln dem Hafen zu, der unser Glück sichert! —

Dritter Auftritt.

Die Vorigen und Frau Wilkes.

Fr. Wilkes. (Beiseite.) So weit wirds wohl nicht kommen.

Thomson. Gott! wir sind verrathen! Leben sie wohl! meine Fanni!

Fanni. (Indem sie sich umdreht und ihre Mutter erblickt.)

Meine Mutter? —

(Indem sie sich wieder nach Thomson umsieht, und ihm mit ausgestreckten Armen nachruft:)

Thomson!

Vierter Auftritt.

Frau Wilkes und Fanni.

Frau Wilkes. Was soll Herr Thomson? Hier ist deine Mutter!

(Fanni steht in stummer Betäubung da.)

Also übermorgen solls auf die Flucht gehen? Der Plan ist künstlich ausgedacht.

Fanni. (Erschrocken) Was für ein Plan?

Fr. Wilkes. Der Plan, den meine Tochter mir hier mit eigenem Munde ganz ausführlich erzählt hat.

Fanni. Also haben sie mich belauscht?

Fr. Wilkes. Es ist Pflicht einer rechtschaffenen Mutter, daß sie auf ihre Kinder Acht hat, und nachforscht, was sie für Wege gehen.

Fanni. Also hat Brigitta mich verrathen? O Treulose!

Fr. Wilkes. Nein! Sie ist keine Treulose; sie hat die Pflicht eines getreuen Dienstbothen beobachtet, aber meine Tochter hat die Pflicht der Treue gegen ihre Eltern außer Augen gesetzt.

Fanni. Ich die Pflicht der kindlichen Treue außer Augen gesetzt? Das hab ich nie; aber sie haben ihr Mutterherz vor mir verschlossen. Hab ich nicht jederzeit alle Anliegen meines Herzens in ihren Schooß geschüttet? Hab ich ihnen nicht mehr als einmal offenherzig gesagt, daß ich ohne Thomson nicht leben kann? Hab ich sie nicht fußfällig um ihre Einwilligung gebeten? Aber bei allen Bitten, bei allen Thränen blieb ihr Herz unbeweglich.

Fr. Wilkes. Wie konntest du von deiner Mutter verlangen, daß sie ihre einzige Tochter einem Menschen geben soll, der der Stiefsohn eines Vaters ist, auf dessen Vermögen seine Schwester nur allein gerechte Ansprüche hat, wenn sich anders nicht schon bei seinen Lebzeiten die Gläubiger drein theilen.

Fanni. Mein Vater besitzt Millionen, brauch ich noch mehr Millionen, um glücklich zu seyn? Bin ich nicht doppelt glücklich, wenn ich den Gegenstand meiner Liebe auch noch durch meinen Reichthum glücklich machen kann?

Fr. Wilkes. Diese Millionen sind nicht für einen armen Schlucker bestimmt, der in der blinden Neigung meiner Tochter sein Glück sucht.

Fanni. Thomson ist nicht arm, er ist reicher, als sie glauben; er besitzt Vollkommenheiten des Geistes und Eigenschaften des Herzens, die mehr als Millionen werth sind; er kann durch seinen Verstand und durch seine Geschicklichkeit das erhalten, was ein anderer verliert oder verschwendet; und seine Liebe zu mir achte ich höher, als alle Schätze der Welt.

Fr. Wilkes. Was das für Schwärmereyen sind! Nun nichts weiter! meine Tochter! Ich hab dir große und reiche Häuser genug vorgeschlagen, wo sich gewiß ein Gegenstand findet, der deiner Liebe würdig ist, du kannst also wählen, wo es dir gefällt.

Fanni. Große und reiche Häuser! — Schade, daß ihre Tochter keine Ladi ist! Nun so geben sie ihr einen Lord aus einem großen Hause, der ihr seine Gunstbezeugungen nach seinem Range zumißt! Geben sie ihr einen goldnen Mann aus einem reichen Hause, der ihr seine Liebe nach den Pfunden von Sterlingen vorwägt, und freuen sie sich dann, daß sie ihre einzige Tochter zum unglücklichen Opfer ihres Eigensinnes gemacht haben?

Fr. Wilkes. Fanni! werde nicht bitter! bedenke, daß ich deine Mutter bin!

Fanni. Bedenken sie aber auch, meine liebe Mutter, daß Thomson mein Bräutigam ist!

Fr. Wilkes. Wer hat ihn dazu gemacht?

Fanni. Ich selbst.

Fr. Wilkes. Dabei wird doch wohl deine Mutter auch noch ein Wort zu sprechen haben.

Fanni. Sprechen sie es, meine Mutter! und wenn ihre Tochter ungehorsam ist, dann verstoßen sie sie! In den Armen ihres Thomsons wird sie dann immer noch glücklich seyn. Oder sperren sie sie ein, bis sie wahnsinnig geworden ist, oder bis der Gram sie verzehrt hat! Bereiten sie dann einstweilen ihr Grab! Nehmen sie Brigitta, diese Verrätherinn, statt ihrer, an Kindesstatt an, und geben sie ihr einen Mann aus dem reichsten und angesehensten Hause! Dann sind alle ihre Wünsche erfüllt!

Fr. Wilkes. Mädchen! Du rasest!

Fünfter Auftritt.

Die Vorigen und Herr Wilkes.

Hr. Wilkes. Guten Abend! Kinder! guten Abend! Was macht ihr denn noch so spät hier? Die Unterhaltungen sind ganz ernsthaft und heftig! Giebt's Staatssachen auszumachen? Man erblickt ja ganz ernsthafte und stürmische Gesichter!

Fanni. (Fällt ihrem Vater zu Füßen) Verzeihen sie! mein Vater!

Hr. Wilkes. Nun! was soll das? Stehe auf! meine Tochter! Stehe auf! (Er hebt sie beim Arm auf) Laß hören! Nun, Madam! was giebt's denn für Begebenheiten?

Fr. Wilkes. Es hat hier eine heimliche Zusammenkunft gegeben.

Hr. Wilkes. Mit wem?

Fr. Wilkes. Mit Herrn Thomson.

Hr. Wilkes. Da wird's wohl noch einen zärtlichen Abschied gesetzt haben?

Fr. Wilkes. Nichts weniger, Herr Thomson wird unsre Tochter begleiten.

Hr. Wilkes. Nach Wakefield?

Fr. Thomson. Ja! das Wakefield, wohin die Reise bestimmt ist, das ist ein ganz anderes Wakefield, das liegt nicht in England, das liegt in einem ganz andern Welttheile.

Hr. Wilkes. Wie so?

Fr. Wilkes. Miß Fanni wird mit Herrn Thomson sich zu Schiffe begeben, und nach Amerika absegeln.

Hr. Wilkes. Was hör ich? Ist's möglich? — Sag an! Fanni?

Fr. Wilkes. Es ist kein Geständniß und keine Bekräftigung weiter nöthig; ich habe die Verabredung zu dieser Flucht mit eigenen Ohren angehört.

Hr. Wilkes. Wie? Herr Thomson sollte es wagen, mir meine einzige geliebte Tochter zu entführen?

Fanni. Das ist Herrn Thomson nie in den Sinn gekommen. Es ist mein Plan.

Hr. Wilkes. Der Plan meiner Tochter? Fanni sollte fähig seyn, einen Plan zu entwerfen, der ihre Eltern in die äußerste Betrübniß versetzen würde? sollte fähig seyn, die Ihrigen heimlich zu verlassen, denen sie Leben und Erziehung zu verdanken hat, und die sie so zärtlich lieben?

Fanni. Ach! mein Vater! sie kennen die kindliche Zärtlichkeit ihrer Tochter! Ihre Vorwürfe sind Dolchstiche für dies kindlich leidende Herz! Verzeihen sie ihrer Tochter eine Liebe, die Alles überwiegt! Verzeihen sie, daß sie einen Jüngling liebt, für den sie Alles hingiebt, der ihr einziges größtes Glück auf Erden ist.

Hr. Wilkes. Mein Kind! die Liebe täuscht auch oft.

Fanni. Wenn ein edler Karakter, wenn große und erhabne Eigenschaften noch täuschen können, wenn Seelenharmonie ein Traum ist, dann ist doch eine solche Täuschung noch die glücklichste,

dann soll mein ganzes Leben diesen Traum träu=
men.

Hr. Wilkes. Nun wir möchten zu weit in den Text kommen, es ist schon spät; wir wollen nun nach Haus und sehen, was uns träumet! Aber meine Tochter, daß du mir nichts von Wind und Wellen träumest! Kommen sie, Frau Wilkes! Ich danke ihnen, daß sie mir meine Tochter wieder ge= geben haben.

(Er nimmt beide in die Arme.)

Zweiter Akt.

Der Schauplatz ist in Herrn Thomsons Behausung.

Erster Auftritt.

Thomson allein.

(Nachdenkend auf und ab gehend.)

Was einem doch das Schicksal in der Welt nicht für Rollen spielt! — Da mußte gerade Frau Wilkes zu unsrer Unterredung kommen! — Das kann uns den ganzen Plan verrücken! — Sollte sie wohl Wind von dieser vorhabenden Flucht bekommen haben? — Dann gute Nacht ihr Entwürfe! — Dann wird man uns nicht nachjagen, aber desto wachsamer wird man auf unsre Schritte seyn; dann wird kein Sturm uns in des Meeres Abgrund versenken, aber desto heftiger wird der Schmerz hier in diesem Innersten wüthen, und dies arme Herz zu Boden reissen! — O meine Fanni! Dein erster Sturm wird nun überstanden seyn, und — wenn sie mit ihm gescheitert sind deine Entwürfe! — Schrecklicher Gedanke! — O meine Fanni! wenn du wüßtest, wie schwer dieser Gedanke mir diese Nacht über auf der Seele lag! Was für Sorgen dies arme Herz bestürmten! Auf Flügeln eiltest du mir entgegen mit dem Troste, wornach ich hier schmachte! Oder hast du keinen Trost für dies leidende Herz? — So komm, und schlag ihm die unheilbare Wunde!

Zweiter Auftritt.

Thomson und Jakob.

Jakob. Hier ist ein Brief!

Thomson. (Indem er Siegel und Aufschrift betrachtet) Wer hat ihn gebracht.

Jakob. Ein Bedienter aus dem Hause des Herrn Wilkes.

Thomson. Aus dem Hause des Herrn Wilkes?

Jakob. Ja! Herr! Aus dem Hause des Herrn Wilkes?

Thomson. Wo ist er?

Jakob. Er ist schon wieder fort.

Thomson. Lauf ihm eiligst nach! (ab)

Dritter Auftritt.

Thomson allein.

Aus dem Hause des Herrn Wilkes? Und weder das Siegel, noch die Hand der Miß Fanni Wilkes? Gott! ich zittre, wie ein Schulknabe! So hab ich noch nie für Buchstaben gezittert! — Wohlan! Es muß gelesen seyn! Der Inhalt sey aus dem Himmel oder aus der Hölle!

(Er öffnet den Brief und liest die Unterschrift)

"— Habakuk Slop, Buchhalter bei Herrn Wilkes?„

Was soll das? Was hat der an mich?

(Er fangt den Brief selbst an zu lesen)

Frau Wilkes hat uns belauscht? — Weis unsere ganze Verabredung? — Gott! wo bin ich? — O meine Fanni! was wirst du nicht gelitten haben, und wirst du nicht noch leiden müssen! Warum wollte es das Schicksal, daß du deine Verabredung mit mir an einem verrätherischen Busche nahmst, hinter welchem eine Schlange auf uns lauerte?

(Er liest weiter)

Eine Warnung? O Frau Wilkes braucht Thomson nicht zu warnen, er wird ihre Tochter nicht entführen, aber begleiten wird er sie, wenn sie ihr entflieht, in den entferntesten Winkel der Erde wird er sie begleiten! Und wenn Frau Wilkes sie mit Argusaugen bewacht, so wird sie Fanni nicht halten! — Und was spricht sie denn weiter die zärtliche Mutter? (Er liest vollends aus)

Nein! die Hoffnung giebt man so geschwind nicht auf! Fanni für einen Andern bestimmt? O da wird Frau Wilkes noch Wunder der Standhaftigkeit sehen! Keine Gewalt wird zwei Herzen von einander reissen, die einander ewige Treue geschworen haben. Aber mir ist zu eng in dieser Stube! Ich muß ins Freye und frische Luft schöpfen!

(Indem er abgehen will, kommt Emilie seine Schwester.)

Dritter Auftritt.

Thomson und Emilie.

Emilie. Nun! Wohin so eilig? Was fehlt dir? mein Bruder! Du siehst ja ganz stürmisch aus?

Thomson. Mir fehlt nichts.

Emilie. Es muß dir doch etwas schwer auf der Seele liegen, deine Mienen verrathen mirs.

Thomson. Wir haben unsere Launen und unsere Geheimnisse, meine Schwester! Laß mir die Meinigen, ich will dir die Deinigen lassen. Adieu!

(ab)

Fünfter Auftritt.

Emilie allein.

Das war sehr kurz! Was mag das wohl für ein Geheimniß seyn? — Ich hab weder Launen noch Geheimniße, mir ist's immer wohl ums Herz.

Sechster Auftritt.

Emilie und Frau Filding.

Emilie. Wären sie doch nur einen Augenblick früher hier gewesen, vielleicht hätten sie meinem Bruder sein Geheimniß abgelockt.

Fr. Filding. So? hat dein Bruder ein Geheimniß?

Emilie. Sein Mund und seine Mienen sagten mirs.

Fr. Filding. Es wird wohl nicht von großer Wichtigkeit seyn.

Emilie. Ja! Es muß doch wichtig seyn; ich hab ihn noch nie in so übler Laune gesehen.

Fr. Filding. Siehst du, mein Kind! Am besten ists, man hat gar keine Geheimnisse; denn Geheimnisse machen Sorgen, und Sorgen schaffen üble Launen. Ich weis überhaupt nicht, was die Mannsleute immer für Grillen in ihrem Kopf herumtragen. Dein Vater geht auch seit etlichen Tagen so tiefsinnig herum, daß ich gar nicht weis, was ich davon halten soll. Sonst hat er doch immer seine Sorgen in meinen Schoos geschüttet, und so muß es auch seyn, man kann doch oft Rath und That geben; aber diesmal bekomme ich nichts von ihm zu erfahren. Durch die leidigen Geheimnisse macht man sich und Andern sorgenvolle Stunden.

Emilie. Uiber meinen Vater dürfen sie sich wohl keine Sorge machen, meine liebe Mutter! Wenn man in so vielen Geschäften ist, kann man nicht immer heiter seyn.

Fr. Filding. Das verstehst du nicht, meine Tochter! Dein Aug reicht noch nicht so weit, die Gränzlinien von alltäglichen Geschäftssorgen und einem verborgenen Anliegen des Herzens zu unterscheiden. Er war sonst auch mit Geschäften überhäuft, aber noch nie erblickte ich auf seinem Gesichte so deutlich die Züge eines heimlichen Kummers, als seit etlichen Tagen, und diese Nacht hat er ja kein Auge zugethan, hat sich rastlos von einer Seite auf die andere gewälzt. Auch ist er heute Morgens früher aufgestanden, als gewöhnlich, hat sich hastig angekleidet, und ist ausgegangen, ohne auch nur ein Frühstück zu sich zu nehmen.

Emilie. Und wo ist er hin?

Fr. Filding. Das hat er mir eben so wenig gesagt.

Emilie. Vielleicht hat ihn gestern ein Freund zum Frühstück eingeladen.

Fr. Filding. Nun so hätte ichs ja doch wissen dürfen.

Siebenter Auftritt.

Die Vorigen und Jakob.

Jakob. Es ist ein Herr draußen, und verlangt zu Herrn Filding.

Fr. Filding. Wie heißt er?

Jakob. Pope.

Fr. Filding. Herr Pope? Ei so laß ihn doch nur herein kommen. (ab)

Achter Auftritt.

Die Vorigen und Hr. Pope.

Fr. Filding. Willkommen! Herr Pope! Sieht man sie auch wieder einmal?

Hr. Pope. Man muß ja doch auch seine Freunde zuweilen besuchen, und sehen, ob sie noch wohl und gesund sind.

Fr. Filding. Das ist sehr wohl gethan, Herr Pope! Ich freue mich recht über ihren Besuch.

Hr. Pope. Was macht Herr Filding?

Fr. Filding. Er ist heute Morgens sehr früh ausgegangen, ich begreife nicht, wo er so lange bleibt.

Pope. Und Herr Thomson?

Hr. Filding. Mein Sohn ist auch ausgegangen, wie meine Tochter mir vorhin sagte, wären sie etwas früher gekommen, hätten sie diesen noch angetroffen. Sie müssen sich einstweilen mit einer Frauenzimmergesellschaft begnügen lassen.

Pope. So angenehm mir dies ist, so wollt' ich doch wünschen, daß Hr. Filding zu Haus wäre.

Fr. Filding. Warum? haben sie etwas Besonderes mit ihm zu sprechen.

Pope. Ich hätte ihm eine Begebenheit zu erzählen, die ihn nicht wenig interessiren würde.

Fr. Filding. Darf ich solche nicht wissen? Mein Gedächtniß ist mir noch sehr getreu; sollte mein Mann während ihrer schätzbaren Gegenwart nicht nach Hause kommen, werde ich ihm solche so getreulich hinterbringen, als wenn er sie aus ihrem eigenen Munde erhielt.

Pope. Vielleicht ist ihnen die Geschichte besser bekannt, als mir.

Fr. Filding. Was für eine Geschichte.

Pope. Es betrift solche einen gewissen an-
gesehenen Mann hier, der vor ohngefähr einer
Stunde ist in Verhaft genommen worden.

Fr. Filding. Davon weis ich kein Wort.
Was ist die Ursache?

Pope. Er hat ohnlängst eine Wette verloren, und um sich wieder zu erholen, wagte er, weil
er seiner Sache gewiß zu seyn glaubte, die zweyte,
und verlohr diese auch; um nun die Sache bei seiner Familie nicht kund werden zu lassen; stellte er
im Geheim Wechsel aus, und um dieser Wechsel
willen hat man ihn in Verhaft genommen.

Fr. Filding. Das ist Thorheit, sein Vermögen aufs Spiel zu setzen, wo ein Blatt oder ein
Wort die Entscheidung zwischen Glück und Unglück
spricht.

Pope. Der gute Mann glaubte eben nicht
zu verlieren. Mich dauert nur sein Weib und seine Kinder.

Fr. Filding. Können ihm diese nicht helfen?

Pope. Es sind noch andere Schulden mit
aufgewacht, die sein Vermögen übersteigen sollen.

Fr. Filding. Das ist traurig. Aber hätte denn der Mann nicht Rath schaffen können, daß
es soweit nicht gekommen wäre?

Pope. Nicht wohl. Die einzige Aussicht
war die glückliche Ankunft eines Schiffs, auf das
er mit in Assekuranz stund, und heute ist zu allem
Unglücke die traurige Nachricht eingetroffen, daß

das Schiff untergegangen ist. Das gab ihm den letzten Stoß.

Fr. Filding. Wie heißt das Schiff.

Pope. Fortuna.

Fr. Filding. Fortuna? Fortuna? wissen sie das gewiß.

Pope. Ja! das weis ich so gewiß, als daß mein Name Pope ist.

Fr. Filding. O Herr Pope! was bringen sie mir hier für eine traurige Nachricht!

Pope. Warum? Madam! Warum?

Fr. Filding. Mein Mann ist auch mit bei der Assekuranz. Nun weis ich mir auf einmal seine Unruhe zu enträthseln. Vermuthlich hat er schon Wind gehabt.

Emilie. Seyn sie ruhig liebe Mutter! vielleicht ist es noch ungewiß; vielleicht ist es ein Anderes.

Fr. Filding. Ich werde es gleich hören, belieben sie mir doch nur geschwind zu sagen, Herr Pope! wie der Mann heist, der in Verhaft genommen worden ist? Ich weis Alle, die mit bei der Assekuranz sind.

Pope. Verschonen sie mich damit, Madam! weil es ihre eigene Sache betrift. Sie sind ohnehin schon bestürzt, und ihre Bestürzung möchte nur noch größer werden, wenn die angegebenen Merkmale die Gewißheit ihres Verlustes bestättigten.

Fr. Filding. Daß ich bestürzt über ihre Nachricht bin, kann ich nicht läugnen, und sie werden sich nicht darüber wundern; sie sehen ja aber doch wohl, daß ich gefaßt genug bin, die Gewißheit meines Verlusts zu hören, und Gewißheit muß ich ja nunmehr doch haben, bald oder spät, das ist nun eins. — Ists Herr Stern? Herr Milton?

P o p e. Keiner von beiden.

Fr. Filding. Herr Goldsmith? Herr Newton? Herr Wisthon?

P o p e. Alles nicht.

Fr. Filding. Ach! warum mögen sie mich doch so lange in Ungewißheit rathen lassen? Ich bitte sie, wenn sie mir eine Freundschaft erweisen wollen, so sagen sie mir doch den Namen dieses unglücklichen Mannes, der seine Freiheit und Alles verlohren hat!

P o p e. Ich fürchte, sie möchten zu sehr erschrecken.

Fr. Filding. Warum erschrecken? Kann ich bei eines andern Unglück mehr erschrecken, als bei dem meinigen? und sehen sie nicht, daß ich ganz gelassen bin? Und sollte es mein bester Freund, mein nächster Verwandter seyn, so werde ich nun nicht weiter erschrecken, sondern nur blos bedauern können.

P o p e. Es ist ihr bester Freund und Verwandter.

Fr. Filding. Und doch mit von der Assekuranz? Wer sollte das seyn? Ich bitte sie nochmals inständig, Herr Pope! wenn sie noch die geringste Achtung für mich haben, so nennen sie mir doch den Namen!

Pope. Nun! weil sie denn so sehr in mich bringen, so wissen sie denn, Madam, daß ich nur darum gekommen bin, den Sturm einer unglücklichen Nachricht aufzuhalten, daß solcher ihre Seele nicht auf einmal überfällt, und sie zu Boden wirft: Der Name des Mannes, der in Verhaft genommen worden ist, heist?

Fr. Filding. Nun! —

Pope. Herr Filding.

Fr. Filding. (heftig) Das ist ja meines Mannes Name!

Pope. Ihres Mannes Name.

Fr. Filding. Mein Mann ist im Verhaft? (sie windet die Hände.)

Pope. Ihr Mann.

Emilie. Mein Vater.

Pope. Ihr Vater.

Fr. Filding. Gott! welch ein Schicksaal

Emilie. Ach! meine Mutter!

Fr. Filding. Wo soll ich Rettung suchen?

Pope. Beruhigen sie sich Madame! Zeigen sie ihre Standhaftigkeit! Vielleicht läßt sich doch Rath schaffen.

Emilie. Ach! Herr Pope! helfen sie uns!

Neunter Auftritt.

Die Vorigen, ein Beamter, ein Schreiber und ein Gerichtsdiener.

Fr. Filding. Was soll das?

Pope. Beruhigen sie sich Madam! fassen sie sich!

Fr. Filding. Was wollen sie? meine Herren!

Der Beamte. Es wird ihnen wohl die unangenehme Nachricht schon bekannt seyn, daß Hr. Filding Schulden halber in Arrest gekommen ist, es wird sie also auch nicht befremden, wenn wir im Namen der Justiz hieher kommen, zu versiegeln.

Fr. Filding. Zu versiegeln! Ach! Herr Pope! Nun werd ich auf einmal zu einer armen Frau.

Emilie. Was wollen sie?

Beamte. Wie sie den Augenblick gehört haben: Versiegeln wollen wir.

Emilie. Was wollen sie versiegeln?

Beamte. Alles was von Werth ist. Alles, was in Komoden, Schränken, Koffern und Zimmern sich befindet.

Emilie. Sie wollen sich unsers Hauses und unsrer Habseligkeiten bemächtigen? das leid ich nicht.

Beamte. Verzeihen sie, meine Miß! das können weder sie noch wir ändern.

Emilie. Warum nicht?

Beamte. Wir sind von der Justiz dazu beordert.

Emilie. An diesem Hause und was darin ist, hat die Justiz keinen Antheil.

Fr. Filding. Was hast du? meine Tochter! Komm! Mische dich hier nicht ein, daß du dir keine Verdrießlichkeiten zuziehst!

Emilie. Wie? Und sie wollen zugeben, daß unsere Sachen versiegelt werden?

Fr. Filding. Wenns nicht anders ist, was wollen wir machen? Der Justiz können wir uns nicht widersetzen.

Emilie. Unser Haus geht sie nichts an.

Pope. Ach! beste Miß, geben sie sich zu Frieden.

Emilie. Nein! Ich leid es nicht! (Indem der Beamte versiegeln will, springt sie nach einem Degen, der an der Wand hängt, und hält ihn dem Beamten vor, wie er das Siegellack ans Licht hält) Unterstehen sie sich!

Zehnter Auftritt.

Die Vorigen und Thomson.

Thomson. Was ist das? (Er fällt seiner Schwester in den Arm und nimmt ihr den Degen.

Emilie. Ach! bester Bruder! steh uns bei!

Fr. Filding. Ach! mein Sohn! Was hat uns nicht für ein Unglück betroffen!

Thomson. Ein Unglück?

C

Pope. Erschrecken sie nicht! Herr Thomson! Es hat sich ein fataler Zufall ereignet.

Thomson. Und worinn besteht der? nur kurz und geschwind!

Emilie. Dein Vater ist im Arrest.

Thomson. Mein Vater? Ist das wahr? Herr Pope!

Pope. Heute vor ein paar Stunden haben sie ihn einiger Schulden wegen in Verhaft genommen, und das ist die Ursache, daß man hieher gekommen ist, zu versiegeln.

Thomson. Ach! was höre ich? (Er läßt den Degen fallen.) Das ist zu viel Unglück auf einen Tag.

Beamte. Verzeihen sie, daß wir hier eine unangenehme Pflicht erfüllen müssen!

Emilie. (Die unterdessen den Degen aufgehoben hat, und dem Beamten solchen vorhält) Die sollen und werden sie nicht erfüllen! Unterstehen sie sich!

Thomson. (Indem er ihr den Degen will aus der Hand winden) Nicht so! meine Schwester! Widersetze dich der Gerechtigkeit nicht! damit du nicht in ihre Strafe fällst!

Emilie. Ach! mein Bruder! Soll denn ein einziger unglücklicher Tag uns um Alles bringen?

Thomson. Was die Vorsehung über uns beschlossen hat, das können wir nicht ändern, und was die Gerechtigkeit thut, dem können wir uns nicht widersetzen. Benütze, was dir übrig bleibt!

Emilie. Was kann mir übrig bleiben, wenn alles versiegelt ist?

Thomson. Deine Vernunft, Zeit, Umstände, Freunde, Gelegenheit, das Alles bleibt dir übrig.

Emilie. Das ist ein trauriger Reichthum.

Thomson. Der beste, wenn man keinen andern hat, und oft besser, als der wirkliche.

Emilie. Den kannst du nun sogleich mit mir theilen.

Thomson. Das werde ich auch thun, und sogleich Gebrauch davon machen. — Komm! meine Schwester! Komm! (Er nimmt sie beim Arm.) Wie ist ihnen? meine liebe Mutter!

Fr. Filding. Mir ist, als wenn ein Gewitterschlag mir das Herz und alle Glieder zermalmet hätte.

Thomson! Komm! meine Schwester! Begleite deine Mutter auf ihr Zimmer, und schaffe ihr einstweilen Trost und Erleichterung! Ich werde für das Weitere sorgen. Und sie Herr Pope! seyn sie so gütig, dafür zu sorgen, daß man hier die Nothwendigkeiten nicht mit versiegelt.

Pope. Das will ich. Ich werde aushalten, bis auf den letzten Augenblick und für Alles sorgen.

Thomson. Ich werde ihnen den wärmsten Dank dafür wissen.

(Pope, der Beamte, der Schreiber und Gerichtsdiener ab)

Eilfter Auftritt.

Die Uibrigen.

Nun! meine Schwester!- Begleite doch deine Mutter auf ihr Zimmer! Wollen sie sich's nicht gefallen lassen? meine liebe Mutter!

Fr. Filding. So komm denn meine Tochter!

Thomson. (Fällt seiner Mutter um den Hals) Fassen sie sich in ihrem Unglücke, meine beste Mutter! und beruhigen sie sich, bis ich wieder komme!

Fr. Filding. Du wirst mich doch nicht verlassen wollen? mein Sohn!

Thomson. Wie sollte ich meine Mutter in ihrem Unglücke verlassen? Alles in der Welt werde ich versuchen, um Hilfe für sie zu finden. (Indem er seiner Schwester um den Hals fällt) Sei getrost! meine liebe Schwester und tröste deine Mutter!

Emilie. Sorge für deinen Vater und deine Mutter!

(Beide ab)

Zwölfter Auftritt.

Thomson allein.

Mein Vater in Verhaft! Meine Mutter und meine Schwester in Armuth! und Fanni unter der Gewalt einer unbarmherzigen Mutter! — O meine Fanni! Nun werden wir uns wohl nicht wieder sehen!

Dritter Akt.

Erster Auftritt.

Jakob allein.

Das ist ein verdammter Streich, daß mein Herr im Verhaft sitzt! Jetzt bin ich ein Diener und habe keinen Herrn! Wenn ich nur wüßte, wie ich ihn losbringen sollte! So gehts, wenn man unser einem nichts sagt! Hätte Hr. Filding mir es offenbart, daß man ihn in Verhaft nehmen will, wollte ich bald Rath geschaft haben. Wir hätten aufgepackt und wären nach Dublin zu seinem Bruder gefahren, und wären so lange dort geblieben, bis die Sache wäre ins Reine gebracht gewesen.

Zweiter Auftritt.

Fr. Filding und Jakob.

Fr. Filding. Was machst du hier? Jakob!

Jakob. Da geh ich herum und zerbreche mir den Kopf darüber, wie das Ding anzugreifen ist, daß wir unsern Herrn wieder aus seinem Verhaft bringen.

Fr. Filding. Da bist du zu wenig dazu, mein lieber Jakob!

Jakob. Zu wenig? wüßt ich nur, wie ichs angreifen sollte.

Fr. Filding. Sag mir doch! Weist du nicht, wo mein Sohn ist? Ich weis gar nicht, wo er so lange bleibt, und wie er mich in meinen bekümmerten Umständen mit meiner Tochter so allein laffen kann.

Jakob. Das weis ich nicht, Madam? Wenn man unser einem etwas wissen ließ, so könnt mans wieder mittheilen; so aber hält man ja Alles geheim, also kann ich auch nichts sagen.

Fr. Filding. Geh und sieh, ob du ihn nicht auffindest!

Jakob. Aber wo soll ich ihn suchen?

Fr. Filding. Du weist ja, wo er sonst hingieng; suche ihn bei seinen Freunden!

Jakob. Bei seinen Freunden? Ja! wenn Herr Thomson auch noch Freunde hat.

Fr. Filding. Warum sollte der friedfertige, aufrichtige und gefällige Thomson keine Freunde mehr haben?

Jakob. Ja! im Glück haben wir Freunde genug, aber im Unglücke sind die Freunde nicht zu Hause; das hat mir meine Großmutter tausendmal gesagt und das ist wahr.

Fr. Filding. Nun! so suche ihn, wo du ihn findest, oder wo du ihn wenigstens anzutreffen glaubst!

Jakob. Das ist also in der weiten Welt. Da kann ich herumlaufen, wie ein Spurhund, bis ich Wind von seinen Fußstapfen bekomme!

Fr. Filding. So bleib zu Hause!

Jakob. Nein! Werd' gehen, werd' gleich gehen, werd' mich überall umsehen, wo ich ihn erfrage.

(ab)

Dritter Auftritt.

Frau Filding allein.

So einfältig der Mensch ist, so hat er mir doch eine Lektion gegeben, die nur allzu wahr ist. Nun werd' ich wohl auch die traurige Erfahrung zu machen haben, daß meine Freunde mich in meinem Unglücke verlassen. Ach! wer wird mir nun beistehen?

Vierter Auftritt.

Frau Filding und Miß Emilie.

Emilie. Und sie sind so allein hier? meine Mutter! und überlassen sich ihrem Schmerz? Lassen sie mich die Hälfte ihres Kummers übernehmen!

Fr. Filding. Was hilft es meine Tochter! wenn du dich gleichen Kummer überläßt? Die Last meiner Leiden wird dadurch nicht leichter.

Emilie. Ach! Mäſſigen ſie ihren Schmerz! Wenn wir ohne Aufhören ſeufzen und wehklagen, und vergieſſen Millionen Thränen, ſo werden dieſe Thränen doch die Schulden nicht tilgen, und unſere Seufzer die eiſernen Thüren nicht ſprengen, die meinen Vater einſchlieſſen.

Fr. Filding. Du haſt recht, meine Tochter! Aber frage dein eigenes Gefühl (ob es ſich unterdrücken läßt? Die Natur verlangt auch ihre Bezahlung.

Emilie. Es ſind ihr ſchon unzählige Thränen gefloſſen, und mein Gefühl ſagt mir, daß ihr noch mehr flieſſen werden, aber die Vernunft ſagt mir auch, daß es beſſer iſt, wenn wir mit unſern Gedanken nicht blos an dem haften bleiben, was uns Schmerzen verurſacht, ſondern ſolche lieber auf das hinrichten, was uns Mittel und Gelegenheit zur Hilfe und Linderung werden kann.

Fr. Filding. Deine Sprache gefällt mir, ſie klingt ganz ſtandhaft; aber wenn nur auch die Hilfe gefunden wären, oder wenigſtens nur einſtweilen die Mittel dazu; aber hier iſt eben die Steinklippe, vor der die Vernunft ſtille ſteht. Wenn uns das Schickſal das, was es uns mit der einen Hand entrieß, mit der andern nicht wieder giebt, ſo wird es uns ſchwer werden, dieſe Felſenklippe von Unwahrſcheinlichkeit zu überſteigen, und das Blumenthal hinter ihr zu finden, das wir ſuchen.

Emilie. Meine Mutter! Sie machen mir aufs neue wieder bange! Wenn doch nur Herr Pope geschwind wieder da wäre! Vielleicht bringt er gute Nachricht, oder weis uns wenigstens einen ersprieslichen Rath zu ertheilen! Ich kann ihn für Sehnsucht kaum erwarten.

Fr. Filding. Meine Sehnsucht nach seinen Nachrichten ist so stark nicht. Es sind doch nur traurige Nachrichten, die er uns bringt.

Emilie. So haben wir doch einen Beistand und Rathgeber in ihm.

Fr. Filding. Als solcher wird er mir sehr willkommen seyn. Ein treuer Freund ist das Erste und Einzige, was ich in meiner gegenwärtigen Bedrängniß vonnöthen habe.

Emilie. Hier kommt er!

Fünfter Auftritt.

Die Vorigen und Herr Pope.

Emilie. Ach! Herr Pope! wie gut ist es, daß sie kommen! Sagen sie mir geschwind, was mein Vater macht?

Pope. Was man unter solchen Umständen machen kann.

Fr. Filding. Waren sie bei ihm?

Pope. Ja! Madam!

Fr. Filding. Nun was spricht er denn? Wie ist es denn mit ihm?

Pope. Er ist sehr niedergeschlagen und bekümmert, nicht um seines Unglücks willen, sondern wegen ihrer; sie sind sein einziges Gespräch, der einzige Gegenstand seines Kummers.

Fr. Filding. Und er der Gegenstand des meinigen. (Sie weint in ihr Schnupftuch) Ach! der gute Mann! wär er doch nur offenherzig gegen mich gewesen.

Emilie. Hat mein Vater nicht nach mir gefragt?

Pope. Der Name Emilie zitterte ihm einmal über das andere auf seinen jammernden Lippen, und allemal folgte ein Seufzer und ein Strom von Thränen.

Emilie. Ach! der gute Vater! wenn ich doch seine Thränen abwischen könnte!

Fr. Filding. So sagen sie mir doch, was spricht denn mein Mann? wie steht es denn eigentlich um ihn, und um die ganze Sache.

Pope. Die Hauptursache des Verhafts ist Frau Wilkes?

Fr. Filding. Frau Wilkes? wie so?

Pope. Herr Wilkes hat an Herrn Filding 10000 Pfund Sterlinge zu fordern.

Fr. Filding. Himmel! was hör ich? 10000 Pfund? woher denn diese große Summe? davon weis ich ja kein Wort.

Pope. So viel ich weis, war ja Herr Filding in Handlungsgeschäften mit Herrn Wilkes?

Fr. Filding. Das war er; aber eine so große Schuldsumme! O mein Filding! warum haſt du mir das verhohlen? — Hörſt du Emilie? 10000 Pfund an Herrn Wilkes!

Emilie. Ich höre es, meine Mutter! wir ſind nur Puppen und die Sterlinge nur Rechenpfenninge. Zuletzt kommen wir und das Geld aufs Spiel, und der Zufall wirft dann das Loos der Entſcheidung über uns.

Fr. Filding. Aber ſagen ſie mir doch, Herr Pope! wie ſoll denn gerade Frau Wilkes die Urſache des Verhaftes ſeyn? das iſt ja doch die Sache ihres Mannes.

Pope. Das hat ſeine beſondere Urſachen.

Fr. Filding. Ei! ſo eröffnen ſie mir doch ſolche!

Pope. Das fällt mir ſchwer Madam! Ich muß eine Saite berühren, die ihre Empfindungen zu ſehr in Bewegung ſetzt.

Fr. Filding. Sagen ſie mir das Schrecklichſte in der Welt, und ich werde gleichgiltig bleiben. Meine Empfindungen ſind vom Schmerz nun ſchon zu ſehr betäubt, als daß ſie noch mehr erſchüttert werden könnten; und warum wollten ſie mir etwas verſchweigen, das zur Sache gehört? Ich muß nun Alles wiſſen, um Rath und Hülfe zu ſchaffen, wenn es anders noch möglich iſt.

Pope. Das geheime Liebesverſtändniß ihres Herrn Sohns mit Miß Fanni Wilkes iſt ihnen doch bekannt?

Fr. Filding. Gar nicht. Iſt es dir bekannt? Emilie!

Emilie. Etwas ist mir davon bekannt.

Pope. (Zu Emilien) Ist ihnen auch die gestrige Verabredung bekannt?

Emilie. Davon weis ich nichts.

Fr. Filding. Was ist das für eine Verabredung? Sie reitzen meine Aufmerksamkeit bis zur höchsten Neugierde.

Pope. Ich muß ihnen aber zum Voraus sagen, daß ihr Herr Sohn unschuldig ist.

Fr. Filding. Nun sagen sie nur geschwind!

Pope. Miß Fanni bestellte Herrn Thomson auf gestern Abends in ihrem Garten, und legte ihm einen Plan zur Flucht vor, worein Herr Thomson erst nach vielen Bedenklichkeiten einstimmte. Zum Unglück für beide bekam Frau Wilkes Wind davon und belauschte also die ganze Unterredung hinter einem Gebüsche. Um nun die Hoffnung zu dieser Verbindung auf einmal und immer zu zertrümmern, schritt sie mit Herrn Swift, für dessen Sohn ihre Tochter bestimmt ist, zu dem schon verabredeten Entschluße, mit Beitritt der übrigen Gläubiger, den Verhaft des Hrn. Filding ohne Aufschub zur Ausführung zu bringen.

Fr. Filding. Mein Sohn die Ursache unsers Unglücks?

Emilie. Nein! meine Mutter! Sagen sie lieber, die grausame Rache der Frau Wilkes. War das sträflich, daß mein Bruder Miß Fanni liebte?

Fr. Filding. Aber das war doch sträflich, daß er zu einer heimlichen Flucht stimmte.

Emilie. Hätte Frau Wilkes in die Liebe ihrer Tochter gewilligt, so hätte sie an keine Flucht gedacht, und mein Bruder und wir wären nun glücklich. So ist es: wir Mädchen müssen immer die unglücklichen Opfer des Eigensinns und jeder Absicht werden.

Fr. Filding. Das war also die Reise, die mein Sohn morgen früh unternehmen wollte? O unglücklicher Entschluß!

Emilie. Nun klärt sich zu unserem größten Jammer das Geheimniß auf, das er heute Morgens vor mir verbarg.

Fr. Filding. Ach! mein Sohn! Was hast du uns für einen Jammer zubereitet!

Pope. Klagen sie nicht über ihren Sohn! Ihre Klagen sind ungerecht; er folgte dem Rufe einer Liebe, die ihn auf Zeit seines Lebens glücklich machen konnte.

Fr. Filding. Aber eben diese Liebe hat nun seinen Vater in Verhaft gebracht, und die Seinigen in Armuth gestürzt.

Pope. Nicht doch! Madam! diese Liebe ist nur eine zufällige Gelegenheit geworden, und hätte die schönste Gelegenheit werden können, das zu verhüten, was sich über kurz oder lang doch auch hätte zutragen können.

Fr. Filding. Was?

Pope. Die Verhaftnehmung des Herrn Filding?

Fr. Filding. Gott! was muß ich für Unglück erleben!

Pope. Nun so lassen sie uns darauf denken, wie es zu ändern ist!

Fr. Filding. Wie wollen sie das?

Pope. Fürs erste, denke ich, verfügen sie sich zu Herrn Filding, lassen sich seinen ganzen Schuldenzustand genau und pünktlich eröffnen, und zeichnen sich die Namen nebst den Summen auf!

Fr. Filding. Ob man mich auch zu ihm einlassen wird?

Pope. So gut man mich eingelassen hat, so gut wird man auch sie einlassen.

Fr. Filding. Das ist ein schwerer Gang, das wird eine traurige Zusammenkunft werden.

Pope. Fassen sie Muth! damit überwindet man Alles.

Fr. Filding. Nun! so fahren sie nur weiter fort! Ihr Rath kann gut werden.

Pope. Wenn sie dann Alles klar beisammen haben, dann sehen sie sich nach einem vertrauten Freund um, der mit den Gläubigern spricht; vielleicht lassen sie sich zur Geduld verweisen, und dahin bewegen, daß sie Herrn Filding seines Arrestes entlassen! Sollte das nicht gelingen, so wagen sie den Vergleich mit dem Antrage eines Akkords, und ist auch dieses Unternehmen fruchtlos, so sehen sie sich nach einem geschickten Rechtsgelehrten um, denn, nach der eigenen Aussage des Herrn Filding, sind Forderungen darunter, die nicht legitim und liquid sind, und mir selbst scheint, das ganze Verfahren nicht rechtskräftig zu seyn; auch sind, meines Erachtens, die Wechsel, so für die Wette ausgestellt sind, nicht in dem strengen Sinne zu behandeln, wie andere Wechsel.

Fr. Filding. Ihr Rath ist fürtreflich, Herr Pope! und flößt mir wieder einige Hofnung ein; aber wo soll ich vor allerst den vertrauten Freund finden, der dieses Geschäft übernimmt? wer würde solches besser ausrichten, als sie? Und dürft ich sie wohl nicht um diesen höchsten Beweis ihrer außerordentlichen Freundschaft gegen mich bitten?

Pope. Ihr Vertrauen ist mir schätzbar, ich werde thun, was in meinen Kräften steht.

Fr. Filding. Durch dieses gütige Versprechen geben sie mir auf einmal einen Theil meiner Ruhe wieder.

Emilie. O Herr Pope! Sie sind ein göttlicher Mann!

Pope. Ich bin nur ein Freund, der sich in der Noth zu zeigen sucht, und seine Freundschaft durch die That bestättiget. — Aber eines muß ich sie dabei bitten: daß sie vor allen Dingen an ihres Mannes Bruder nach Dublin schreiben, und ihm die Lage der Dinge nach allen Umständen vorstellen, damit auch dieser auf alle Fälle ins Mittel tritt.

Fr. Filding. Das soll heute noch geschehen,

Pope. Und dann hielt ich für gut, wenn sie den Versuch bei Herrn Wilkes in eigener Person wagten; das würde unstreitig den besten Eindruck machen. Sie könnten sich dabei zugleich wegen ihres Sohns entschuldigen.

Fr. Filding. Nein! Herr Pope! dieser Gang ist eine Unmöglichkeit für mich, bei diesem Schritte würde mein Herz zu sehr leiden.

Emilie. Diesen Gang will ich übernehmen, und nicht von der Stelle gehen, bis die Absicht erreicht ist.

Pope. Das ist fürtreflich! Sie können keine rühmlichere Handlung unternehmen, als wenn sie die Befreiung ihres Herrn Vaters bewirken.

Emilie. Sie ist weniger rühmlich, als die ihrige, weil ich die nächste Verpflichtung dazu habe, und sie aus Großmuth handeln.

Pope. Wenn es ihnen glückt, wird mir das übrige leicht fallen. Also leben sie für heute wohl! Morgen sehen wir uns wieder.

Fr. Filding. Leben sie wohl! Herr Pope! Ich erwarte sie auf Morgen mit Sehnsucht. Sie sind mein einziger Trost.

Emilie. Sie sind unser Schutzengel! Herr Pope! Verlassen sie uns nicht!

Pope. Ich werde sie nicht verlassen.

(ab)

Sechster Auftritt.

Die Vorigen und Jakob.

Jakob. Es ist Zeit, daß der Herr einmal fort ist, er hat mirs fast zu lang gemacht; es drückt mich gewaltig hier auf dem Herzen, ich stund außen vor der Thür und konnts kaum mehr aushalten.

Emilie. Was ist's denn, das dich so drückt?

Jakob. Da hat mir die Madam aufgetragen, den jungen Herrn aufzusuchen!

Fr. Filding. Hast du ihn angetroffen?

Jakob. Ja! Ich bin ihm gleich auf die Spur gekommen. Ich weis schon, wo man die Zugvögel unter solchen Umständen aufzusuchen hat.

Fr. Filding. Kommt er denn?

Jakob. Ob er kömmt? Den sehen sie ihr Lebtag nicht wieder.

Fr. Filding. Wie? ich soll meinen Sohn nicht wieder sehen?

Jakob. Er hat die klügste Partie getroffen. Wenn mir Alles so schief gieng, würd ich's gerade so machen.

Emilie. Was ist das für eine Partie?

Jakob. Er hat Seedienste genommen.

Fr. Filding. Seedienste?

Jakob. Ja! ja! Seedienste — beim Kapitain Klinton.

Emilie. Woher hast du das?

D

Jakob. Der Kapitain hat einen Bedienten, der mein Vertrauter ist, und ich hab es aus dessen Munde.

Fr. Filding. Schlägt denn alles Unglück auf einmal über mich zusammen. Erst ist mir mein Mann von der Seite gerissen worden, und nun soll ich meinen Sohn auch noch verlieren.

Emilie. Ich sehe nicht ein, wie sie über das so lamentiren können, liebe Mutter! Der Schritt, den mein Bruder gethan hat, ist so erschrecklich nicht, vielmehr sehr vernünftig und natürlich unter solchen Umständen. Was soll er zu Hause bei uns thun? Soll er mit uns trauern und wehklagen? Was wär uns damit geholfen? Nein! mein Bruder gefällt mir, daß er seinen Mann macht. Es dienen ja Leute aus den reichsten und größten Häusern zur See. Es ist die Bahn der Ehre, die er nun angefangen hat, zu betreten, er kann sein größtes Glück machen, und wir können ihn einmal zu unserer großen Freude wieder sehen.

Jakob. Miß Emilie hat recht. O wenn Herr Thomson einmal als ein Admiral zurück kommt!

Fr. Filding. Aber mein Kind! Er kann uns auch auf immer verloren seyn.

Jakob. Ja! das Meer hat einen weiten Rachen.

Emilie. Liebe Mutter! Ein jeder Beruf verlangt seine Opfer. Unser Beruf ist jetzt zu seufzen und zu weinen. Können wir nicht auch leicht für Bekümmerniß sterben?

Fr. Filding. Wie kommts, Emilie! daß du so kalt gegen deinen Bruder bist? Macht dich das Unglück unempfindlich?

Emilie. O meine Mutter! Dies Herz fühlt mehr, als meine Lippen verrathen, aber eben darum, weil ich meinen Bruder zärtlich liebe, lobe ich den Schritt, der ihn glücklicher macht, als wenn er ein leidender Zeuge unsers Kummers, oder wohl gar ein Gegenstand unserer Vorwürfe seyn müßte.

Fr. Filding. Unserer Vorwürfe? Nein! Ich würde ihm keinen Vorwurf machen.

Emilie. Desto mehr Vorwürfe würde er sich selbst machen, wenn er erfahren müßte, daß seine verunglückte Liebe der Grund unsers Jammers ist.

Fr. Filding. Ach! wenn ich ihn doch nur noch einmal sehen könnte!

Jakob. Kommen sie Madam! ich will sie hinführen. Mein Kamerad wird uns gleich Gelegenheit verschaffen, daß wir ihn sprechen. Ich bin selbst begierig, den lieben Herrn Thomson noch einmal zu sehen.

Emilie. Und das wollten sie? — Geh! einfältiger Mensch!

Fr. Filding. Laß ihn doch! Er meints ja nicht bös.

Emilie. Ich höre pochen. Geh und sieh, wer es ist?

(ab)

Siebenter Auftritt.

Fr. Filding und Emilie.

Fr. Filding. Das Pochen wird nur in deiner Fantasie seyn, mein Kind! wer wird uns denn in unserm Unglück besuchen?

Achter Auftritt.

Die Vorigen und Jakob.

Jakob. Mein Kamerad ist draußen, mein Kamerad, von dem ich die Nachricht habe. Er will zur Frau Filding.

Fr. Filding. Laß ihn geschwind hereinkommen.

Neunter Auftritt.

Die Vorigen und ein Bedienter.

Emilie. Was bringt er? mein Freund!

Bedienter. Da hab ich einen Brief von Herrn Thomson, und hier dieses Packet an Frau Filding! (Emilie nimmts ab)

Fr. Filding. Wie? Laß sehen! meine Tochter! — Ja! das ist seine Hand! Das ist die Hand meines Sohnes! Lese mir den Brief vor!

Emilie! Meine Hände zittern mir, und meine Augen sind mir trüb.

Emilie. (Indem sie den Brief nimmt und Jakoben das Packet reicht) Hier! Jakob! Leg einmal dies Packet auf den Tisch!

Jakob. Ei! das ist schwer, das muß Geld seyn.

Fr. Filding. Geld? Was soll das? — Nun lese mir nur den Brief geschwind vor! Emilie!

Emilie. (liest den Brief)
Liebe Mutter!

Da meine Gegenwart weder ihnen noch meinem unglücklichen Vater etwas nützen würde, so habe ich den Entschluß gefaßt, Seedienste zu nehmen. Halten sie es nicht für Kaltblütigkeit, daß ich nicht vorher noch Abschied von ihnen nahm; dieser Abschied würde nur ein kummervoller Auftrit mehr gewesen seyn, und meinen Vorsatz erschwert haben. Ich schicke ihnen hier 50 Guineen, und ist mir das Glück vergönt, mit der Zeit meinen Vater zu befreien, so eile ich wieder in ihre mütterlichen Arme zurück. Der Himmel stärke sie in ihren Kümmernissen! Besuchen sie meinen Vater, und sagen sie ihm und meiner Schwester ein tausendfaches Lebewohl! Ich bin mit der kindlichsten Zärtlichkeit
     Ihr
      treuer Sohn
     William Thomson.

Fr. Filding. O mein Sohn!
(Sie hält das Schnupftuch fürs Gesicht)

Emilie. O mein Bruder! So hab ich dich noch nie geliebt!

Fr. Filding. Er hat mich in seinem Leben nicht betrübt; das sind die ersten Thränen, die ich um seinetwillen weine.

Emilie. Kümmern sie sich doch nicht! Er ist glückseeliger, als wir.

Fr. Filding. Laß mir meinen Schmerz; Ich hab ihn hier unter diesem Herzen getragen. Unter glücklichen Umständen wollt ich mich freuen über seinen Entschluß und ihn dazu unterstützen; aber in meinem Unglück schmerzt es mich!

Der Bediente. Nun haben sie etwas an ihn zu bestellen?

Fr. Filding. Bring er ihm meine Thränen und meinen Segen!

Emilie. Sag er ihm, seine Schwester ließ tausendfaches Glück zu seinen Unternehmungen wünschen.

Der Bediente. Wohl! (im Abgehen)

Emilie. Warte er! Freund! Noch ein Wort! — Das Geld? meine Mutter! wollen sie es denn behalten?

Fr. Filding. Nein! Ums Himmels Willen, nein! Das gehört meinem Sohn! Gieb es ihm wieder mit! Der Himmel wird uns schon helfen.

Emilie. Hier! mein Freund!
(Sie geht nach dem Tisch, das Geld abzulangen)
Der Bediente. Lassen sie! Miß! Ich darf es nicht wieder mit zurücknehmen.

(ab)

Achter Auftritt.

Die Vorigen.

Fr. Filding. Schick es ihm geschwind nach!
(Emilie steht bedenklich da)

Jakob. Wie? Sie wollten die 50 Guinen nicht behalten? 50 Guinen, das ist schon ein schönes Geld, die werden wir wohl brauchen können.

Emilie. Es ist vergebens, meine Mutter! Er nimmt es nicht zurück. Behalten sie es! Mein Bruder wird sich nicht ganz entblößt haben.

Fr. Filding. Er wird wenig übrig haben, ich kenne ihn. Er war von Jugend auf freigebig. Wo er einen Leidenden sah, da war seine Börse offen.

Emilie. Ja! Der Karakter meines Bruders ist edel und großmüthig.

Fr. Filding. Und seine kindliche Zärtlichkeit gegen mich war von jeher ohne Schranken. Es wird dieser Zärtlichkeit nun seine ganze Barschaft zum Opfer gebracht haben.

Emilie. Beruhigen sie sich liebe Mutter! Meinem Bruder wird nichts fehlen! Er wird des Himmels Seegen dafür haben.

Neunter Auftritt.

Die Vorigen und Miß Fanni.

Miß Fanni. Verzeihen sie Madam! Fanni Wilkes sucht ihren Herrn Sohn.

Fr. Filding. Sind sie es selbst?

Fanni. Wie sie sehen, Madam!

Fr. Filding. Was wollen sie bei meinem Sohn?

Fanni. Er ist mein Bräutigam; und dazu werden sie doch ihre Einwilligung geben?

Fr. Filding. Meine Einwilligung wird ihnen zu Nichts nutzen, und ihre Gegenwart erschreckt mich.

Fanni. Warum?

Fr. Filding. Wissen sie nicht, daß ihre letzte Zusammenkunft mit meinem Sohn die Verhaftnehmung meines Mannes bewirkt hat?

Fanni. Das weis ich, das bedaure ich, und deswegen komme ich. Nehmen sie einstweilen die Versicherung zum Trost, daß meine Mutter mich nicht eher wieder sehen wird, als bis sie in unsere Verbindung gewilligt, und Herrn Filding seines Arrestes entlassen hat, oder dieses Instrument wird mein Leben enden. (Sie zieht ein Terzerol hervor und zeigt es) Sagen sie mir nur geschwind, wo Herr Thomson ist?

Emilie. Mein Bruder ist nicht hier.

Fanni. Sie sind also seine Schwester?

Emilie. Ihnen aufzuwarten!

Fanni. O meine Beste, so lassen sie ihn eiligst herbeiholen! oder sagen sie mir, wo er ist?

Emilie. Er hat Seedienste genommen.

Fanni. Seedienste? — Und kommt er nicht nochmals zu ihnen?

Emilie. Nein! Hier liegt der Brief, worinn er Abschied von uns genommen hat.

Fanni. Wer hat ihnen diesen Brief gebracht? wenn es erlaubt ist, zu fragen?

Emilie. Ein Bedienter des Kapitain Klinton, wo er Dienste genommen hat.

Fanni. Darf ich ihn nicht lesen?

Emilie. Er steht zu ihren Diensten.

Fanni. (Sie liest) — O edler Thomson! — (sie liest weiter) — O fürtreflicher Thomson! — (sie liest aus) — Ja! das ist Thomsons erhabner Karakter! (sie reicht den Brief wieder hin) Ich dank Ihnen! Nehmen sie meinen Besuch nicht ungütig! Mein Entschluß ist gefaßt! — Leben sie wohl!

(Sie läßt eine Börse mit Geld fallen und flieht ab)

Zehnter Auftritt.

Fr. Filding, Emilie und Jakob.

Fr. Filding. Gott! was ist das? meine Tochter! Das kann uns vollends Alles verderben.

Emilie. Mir stehen alle Gedanken still.

Jakob. (hebt die Börse auf mit Freuden in die Höhe) Schon wieder Geld!

Vierter Akt.

Im Werbhause.

Erster Auftritt.
Thomson allein.

Ich hätte nie geglaubt, daß einem so weh ums Herz werden könnte, als mir in dieser Stille wird. Im ersten Aufbraußen faßt man seine Entschlüsse, und rennt muthig mit ihnen fort, wohin sie führen; aber in der Einsamkeit, wenn der Sturm sich gelegt hat, und die Seele allmählig zur ruhigen Betrachtung sich hinneigt, da erscheinen uns erst die traurigen Bilder unsers Schicksaals in ihrer Schreckensgestalt, und werfen den Geist in Melancholie, oder gar in Ohnmacht nieder. Wenn ich doch meine Fanni nur noch einmal sehen sollte, um ihr den letzten Scheidekuß auf ihre Lippen zu drücken! Wie? — Was wünsch ich? Noch ein Leiden mehr für dies zermalmte Herz? Nein! Eilet! ihr Stunden! Empfangt mich ihr Wellen und tragt mich auf euren Fittigen hin ins hohe Meer! Treibt mich, ihr

Winde, an die äußersten Küsten von Amerika! Oder heulet! ihr Stürme! und begrabt mich in den geräumigen Schoos des Oceans! Ich werde sanft darinn schlummern. (Er geht an eine kleine Hausbibliothek) Giebts denn hier Etwas zur Zerstreuung? (er ließt einige Titel) Joungs Nachtgedanken! Goldsmiths Geschichte der Römer! Cooks Seereisen! —

Zweiter Auftritt.

Thomson und Trim.

Trim. Was zum Düvel! Ich meine gar, sie wollen sich den Kopf mit Büchern zerbrechen?

Thomson. Mein Freund! Die Bücher enthalten Nahrung für den Geist.

Trim. Ei! Da lob ich mir einen Budding und ein rechtes Glas Rum drauf, und dann eine gute Pfeife Knaster, das weckt die Lebensgeister auf! Aber hören sie! Es ist ein junger Mensch draußen, der möchte sie gerne allein sprechen, soll ich ihn herein kommen lassen?

Thomson. Wer ist es dann?

Trim. Ich weis seinen Namen nicht, es wird wohl ein guter Bekannter von ihnen seyn.

Thomson. Lassen sie ihn nur herein kommen.

Trim. (Geht vor die Thür) Da! kommen sie, mein Freund. Nun, ich will sie allein lassen.

Dritter Auftritt.

Thomson und Fanni in Mannskleidern.

Fanni. O mein bester Thomson! Wie bin ich so froh, daß ich sie hier finde!

Thomson. Wie so? Kennen sie mich?

Fanni. Warum sollt ich sie nicht kennen? wir sind schon so lange gute Freunde.

Thomson. Kann ich mich doch nicht besinnen.

Fanni. Und waren doch gestern erst beisammen.

Thomson. Wo denn?

Fanni. Und sie kennen ihre Fanni nicht?

Thomson. Gott! wie überraschen sie mich! — Fanni! ach! meine Fanni! — (Er umarmt sie) Verzeihen sie! meine Beste! Ich fühlte das Pochen einer gewissen Ahndung im Herzen, aber die Melancholie hat mir die Augen verdunkelt und die Ohren betäubt, daß ich ihr Antliz nicht auf den ersten Blick erkannte und den Laut ihrer Stimme nicht vernahm.

Fanni. Die Melancholie? Seit wenn hat die Melancholie Raum bei ihnen gefunden? Nun sie wird bald verscheucht seyn. Ich werde ihren Platz einnehmen. Sie haben also Seedienste genommen?

Thomson. Das einzige, beste Fanni! was ich unter dieser traurigen Verwirrung von Umstänben thun konnte, um diesem Herzen Luft zu verschaffen.

Fanni. Fürtreflich! Und ich begleite sie.

Thomson. Wie wollen sie das?

Fanni. Ich nehme auch Seedienste.

Thomson. Himmel! welch ein Entschluß!

Fanni. Nun! Gefällt ihnen dieser Entschluß nicht?

Thomson. Ich bin entzückt darüber! Aber wie wird es alsdenn meinem Vater und meiner Mutter ergehen, wenn man sie vermißt?

Fanni. Dafür lassen sie mich sorgen. Uiber das und das Weitere wollen wir hernach sprechen. Nur jetzt geschwind zur Ausführung: Sie lassen mich beim Kapitain melden, und ich nehme als Freund und Bekannter von ihnen, unter dem Namen York, Seedienste bei ihm. Merken sie es also fein: York ist jetzt mein Name? Hören sie? Herr Thomson! York! heis ich nun.

Thomson. Fanni klingt tausendmal schöner.

Fanni. Es mag klingen, wie's will, mein Name ist nun York. Lassen sie also nun ihren Freund York beim Kapitain melden!

(Thomson steht in zweifelhafter Bewegung)

Nun! Was fehlt ihnen? Ist ihre Liebe noch zweifelhaft?

Thomson. Es klopft mir in allen Adern! Ich weis nicht, ists Furcht oder Entzücken.

Fanni. Laſſen ſie es ſeyn, was es will! Machen ſie nur, daß ich beim Kapitain gemeldet werde!

Thomſon. Wohlan! Es ſei! die Liebe zu ihnen, meine Fanni, überwindet die Liebe zu Vater und Mutter. (Er geht an die Thüre und ruft) Herr Trim! — Herr Trim!

(Eine Stimme von auſſen)
Komm ſchon.

Vierter Auftritt.

Die Vorigen und Trim.

Trim. Was iſt ihnen gefällig? Herr Thomſon!

Thomſon. Mein Freund hier möchte gerne den Herrn Kapitain ſprechen; ſeyn ſie alſo ſo gut und melden ſie ihn!

Trim. Werd's gleich melden.

(ab)

Fünfter Auftritt.

Thomſon und Fanni unter dem Namen York.

York. Bravo! So wars recht! Sehen ſie! es geht, wenn man Muth faßt. Freuen ſie ſich mit mir! mein beſter Thomſon! Nun werden wir bald Kriegskameraden ſeyn.

Thomſon. Darüber kann ich mich ſo ſehr noch nicht freuen; wenn wir aber einmal glücklich gelandet sind, jenseits des Meeres, dann will ich mich freuen, wie einer, der siegreich aus dem Treffen kommt, und seine Braut umarmt.

York. Nur getrost! Die Zeit wird auch kommen.

Sechster Auftritt.

Die Vorigen und Trim.

Trim. Der Herr Kapitain wird gleich hier seyn.

Thomson. Wohl! Herr Trim!

(ab)

Siebenter Auftritt.

Thomson und York.

York. Nun bitt ich sie ums Himmelswillen! Machen sie ihre Sache gut, und verstossen sie sich mit dem Namen nicht, sonst sind wir aufs neue verrathen, und dann vielleicht auf immer für einander verloren.

Thomson. Sorgen sie nicht! Sie wissen, daß ich meine Rolle zu spielen weis, wenn ich sie einmal übernommen habe! Er kommt — Ich kenne seinen Gang.

Achter Auftritt.

Die Vorigen und der Kapitain.

Kapitain. Nun! Herr Thomson; sie haben Besuch bei sich?

Thomson. Aufzuwarten, Herr Kapitain! Sie sehen hier meinen besten Freund vor sich.

Kapitain. Sie kennen also einander schon lange?

Thomson. Erst seit einigen Jahren; aber wir sind in so hohem Grade Freunde, als wenn die Natur uns dazu geschaffen, und uns beiden nur einen Sinn und ein Herz eingepflanzt hätte.

Kapitain. Ei! das freut mich, [zwei so vertraute Freunde bei mir zu sehen! (zu York) Und was wäre ihr Verlangen? mein Freund!

York. Ich wünschte ebenfalls Seedienste bei ihnen zu nehmen.

Kapitain. Das soll mir sehr angenehm seyn.

York. Aber mit dem Beding, daß ich nie von meinem Freund getrennt werde; denn es gehört mit zu unserem Freundschaftsbunde, daß wir unser Loos mit einander theilen.

Kapitain. Das ist ja recht schön, daß sie als Freunde so zusammen halten. Ihr Verlangen kann ihnen gewähret werden, sie sollen auf ein Schiff zusammen kommen.

York. Wo segelt wohl das Schiff hin, worauf wir kommen, wenn ich gehorsamst fragen darf?

Kapitain. Nach Boston.

York. Und wie bald werden wir abfahren?

Kapitain. Auf künftige Woche schon, und übermorgen verlassen wir schon die Stadt.

York. Nun das ist mir lieb! Da freu ich mich recht darauf; denn wenn ich etwas vorhabe, bin ich gern bald am Ziel.

Kapitain. So ist es mir gerade auch. Also geschwind zum Ziel zu kommen, denn ich habe noch einige Geschäfte abzuthun, wie ist ihr Name?

York. Mein Name ist York.

Kapitain. Und wie alt sind sie?

York. 18 Jahr.

Kapitain. Wie ist ihnen gefällig, zu dienen?

York. Ich diene als Freiwilliger.

Kapitain. Desto besser! Hätte unser König lauter Freiwillige, könnte er große Summen ersparen. Nun! Herr Thomson! Es freut mich, daß sie einen so werthen Freund zu ihrer Gesellschaft bekommen.

Thomson. Die Freude ist auf meiner Seite, daß mein Freund York mir zur Seite dient.

Kapitain. Wohl! So unterhalten sie sich denn recht gut mit einander! Ich muß nun wieder an meine Geschäfte, wenn ich fertig bin, nehmen sie die Abendmahlzeit mit mir ein, und haben sie unterdessen etwas nöthig, so dürfen sie nur meinen Bedienten ruffen, der wird ihnen Alles herbeischaffen.

York. Wohl! Wohl! Herr Kapitain.

Neunter Auftritt.

York und Thomson.

York. Nun! Wie ist ihnen zu Muthe? Herr Kriegskammerad! Ist's ihnen noch nicht leichter um die Brust?

Thomson. Ja! mir ist so leicht, wie einem Deserteur, der 10 Schildwachen zu passiren hat.

York. Was sie da für einen wunderlichen Vergleich machen!

Thomson. Wenn ihnen dieser Vergleich nicht passend ist, so denken sie sich einen Jüngling, der seine Geliebte heimlich entführt, und jeden Augenblick in Gefahr ist, aufgefangen zu werden, so haben sie unsern ganzen Zustand, wie er ist.

York. Ach! Auf diese Grillen gehört eine Bouteille Kapwein.

Thomson. Der wird diese Grillen wohl nicht vertreiben! Ja! wenn wir ihn in diesem Augenblicke trinken könnten, wo er wächst.

York. So wollen wir uns in Gedanken hin versetzen.

(York ruft)

Herr Trim!

(eine Stimme außen)

Ja! Herr!

Zehnter Auftritt.

Die Vorigen und Trim.

Trim. Gerade wollte ich zu ihnen, und ihnen meinen Glückwunsch abstatten. So eben hab ich gehört, daß sie Dienste bei uns genommen haben. Das ist brav! Man muß in der Welt etwas versuchen, wenn man sich empor schwingen will.

York. Da haben sie recht, Herr Trim! Das ist mein Grundsatz auch.

Trim. Ist ihnen etwas gefällig?

York. Wenn sie wollten so gut seyn, und wollten den Bedienten herkommen lassen, daß er uns eine Bouteille Kapwein holt.

Trim. Den will ich ihnen selbst holen, den kann man gleich hier neben im nächsten Hause haben, wo ich täglich meinen Rum hole.

York. Wenn sie sich wollen die Mühe geben. (sie reicht ihm Geld)

Trim. Von Herzen gern. Ich hole mein Trinken alles selbst, werd gleich wieder hier seyn!

(ab)

Eilfter Auftritt.

York und Thomson!

Thomson. Ich muß doch warhaftig mitten in meinem Jammer über sie lachen. Fanni ein wohl ausstafirter Jüngling, und nun gar ein Rekrut!

York. Gefalle ich ihnen in diesem Anzuge nicht?

Thomson. Gefallen? Wenn ich jetzt ein Frauenzimmer wäre, und wüßte nicht, daß sie Fanni wären, würde ich York eben so heftig lieben, als ich jemals Fanni liebte.

York. Warum lachen sie aber so über mich?

Thomson. Weil der Rekrut Fanni sich vom Korporal Trim eine Bouteille Wein holen läßt. Sie werden doch mit dem Herrn Korporal auch eins zusammenstossen?

York. Das versteht sich.

Zwölfter Auftritt.

Die Vorigen und Trim.

Trim. Hier ist er schon! Meine Wirthin sagt, er wäre vom besten. Hier! das habe ich wieder bekommen!

York. Behalten sie's Herr Trim! Behalten sie's! Hier ist noch eine Guinee! Trinken sie auf meine Gesundheit ein Glas Rum dafür!

Trim. Ei! Das ist gar zu viel, mein Herr!

York. Da trinken sie auch einmal mit uns! (sie reicht ihm ein Glas) Nun! Freund Thomson! Auf gut Glück und Gesundheit.

Thomson. Glück und Gesundheit! Freund York! (sie stossen die Gläser an einander)

Trim. Auf Glück und Gesundheit und langes Leben! meine Herrn! — — A! der fließt hinunter, wie Honig!

York. Nun! Noch eins Herr Trim!

Trim. Nein! danke! danke! Ein Glas Rum thut auch die Dienste! — Wenn sie sonst was brauchen?

York. Ja! Nun hätt' ich noch ein Kistchen abholen zu lassen, wollten sie mir den Bedienten herrufen?

Trim. Ei! Es ist ja Nacht! Was der Bediente tragen kann, das kann ich auch tragen. Sagen sie mir nur, wo ich es abholen soll?

York. Wissen sie, wo die Frau Tindal wohnt?

Trim. Auf der Helpstreet?

York. Eben die. Kennen sie sie?

Trim. Ja! die kenne ich gar gut. Sie handelt mit allerlei Kleidern, Putz- und Galanteriewaaren.

York. Richtig, Herr Trim, die ist es. Also, wenn sie sich wollen die Mühe machen, so geben sie ihr nur diese Marke! da werden sie sogleich das Kistchen überkommen.

Trim. Wohl! mein Herr!

York. Aber es ist etwas schwer.

Trim. Hat nichts zu sagen. Hab schon Centnerlasten getragen.

York. Nehmen sie's nur fein hübsch in Acht!

Trim. Sorgen sie nicht, und wenns Gold wär! (ab)

Dreizehnter Auftritt.

York und Thomson.

York. Beinahe hat er's errathen.

Thomson. Die Frau Tindal haben sie also zu ihrer Vertrauten gemacht? Da werden wir bald verrathen seyn.

York. Machen sie sich darüber keine Sorge! bester Thomson! Frau Tindal verräth uns gewiß nicht, es ist ihre eigene Sache, daß der Handel verschwiegen bleibt, und sonst weis Niemand etwas davon.

Thomson. Nun es ist gut, daß wir endlich auf das Kapitel kommen, wovon aufs neue die Entscheidung unsers Schicksaals abhängt. Wir haben nun lang und viel gesprochen, und ich weis im Grunde noch nichts von ihrem ganzen Unternehmen. Sie werden mir einen großen Theil meiner Beruhigung geben, wenn sie mich wissen lassen, wie sie ihren neuen Plan angelegt haben, und was solcher für einen Ausgang nehmen soll.

York. Das sollen sie nun Alles wissen, mein bester Thomson!

Was die Verhaftnehmung ihres Herrn Vaters für Bewegungen in meinem Herzen erregte, können sie sich besser denken, als ich's ihnen ausdrücke, und noch bestürzter war ich, über die Nachricht, daß sie flüchtig geworden seyn. Beide Nachrichten brachte mir meine Mutter heute Nachmittags in eigener Person auf mein Zimmer. Ich zeigte die größte Gleichgiltigkeit, und stellte mich, als ob ich nun Verzicht auf meine bisherige Liebe thäte; meine Mutter begab sich also mit der größten Zufriedenheit von mir hinweg. Um 4 Uhr fuhren meine Eltern in den Garten, um die Abendmahlzeit daselbst einzunehmen, wohin Brigitta mit ihrem Peter und die Köchin folgte, und mich ließ man ohne Bedenken, auf eine vorgeschüzte Unpäslichkeit mit der Hausmagd allein zu Hause. Mein Entschluß war, sie aufzusuchen, es koste, was es wolle. Diesen Entschluß ohnbemerkt und schleunig auszuführen, schickte ich die Hausmagd mit Aufträgen weg, die sie ein paar Stunden aufhielten. Die erste und vernehmste Sorge war nun, wie ich das Kistchen wegbringen könnte, das zu unserer ersten Flucht in dem Koffer gepackt war. Zum größten Glück kam, wie ich darüber nachdachte, Frau Tindal ihren gewöhnlichen Weeg zur hintern Thür des Hauses herein; ich packte ihr solches auf, und versprach in einer halben Stunde selbst bei ihr zu seyn. Um nun vor allen Dingen zu erfahren, was sie für einen Weeg oder Entschluß gefaßt haben, flog ich in größter Eile zu ihrer Frau Mutter. Ihre Schwester zeigte mir ihren Brief und nennte mir den Namen Klinton. Nun war gewonnen. Ich eilte zur Frau Tindal, kaufte ihr die Kleider ab, so ich anhabe, drückte ihr die Guineen in die Hand, nahm den Eid der Verschwiegenheit von ihr, und ließ ihr eine Marke zurück, wie ich ihr zur Abholung des Kistchens nun eine geschickt habe, und sehen sie! nun bin ich hier, und der Entwurf ist glücklich ausgeführt.

T h o m s o n. Der Entwurf macht ihrer Erfindungskraft und die Ausführung ihrer Entschlossenheit Ehre; aber beste, geliebteste Fanni!

Y o r k. Ums Himmelswillen! nennen sie doch meinen Namen nicht!

T h o m s o n. Lassen sie mir doch die Wonne, einen Namen zu nennen, der meine ganze Seeligkeit auf Erden ist!

Y o r k. Und was haben sie noch für eine Bedenklichkeit?

T h o m s o n. Wird auch Frau Tindal Wort halten?

Y o r k. Wie können sie zweifeln? Ich habe ja einen Eid von ihr genommen.

T h o m s o n. O meine Beste! Gewinnsüchtigen Personen, ist der Eid eine feile Waare. Frau Tindal wird sich wenig draus machen, den Eid von 12 Guinen aufzuopfern, wenn sie noch 12 andere damit zu verdienen weis.

Y o r k. Trauen sie denn der Frau Tindal kein Gewissen zu?

T h o m s o n. Das Gewissen dieser Personen gehört oft zu den Galanteriewaaren, die sie so feil haben.

York. Thomson! Sie machen mir bange!

Thomson. Haben sie sich von ihrem Entschluße etwas merken lassen?

York. Nicht ein Wort; selbst bei ihrer Mutter nicht.

Thomson. Nun! So lassen sie uns Muth fassen! Vielleicht gelingts uns.

York. Nein! Sie haben recht, bester Thomson! Brigitta hat uns gestern auch verrathen. O wenn ich noch einmal verrathen würde! — Wenn mein Plan noch einmal zertrümmert werden sollte! — Wenn meine Mutter noch einmal käme, mich mit unbarmherziger, gewaltthätiger Hand von der Seite meines Thomsons zu reissen! — Nein! das soll sie nicht! Für diesen Umstand ist gesorgt. — (Sie zieht 2 Terzerols hervor) Sind sie bereit, auf diesen unglücklichen Fall, mit ihrer Fanni zu sterben! So nehmen sie eins! Sie sind beide scharf geladen.

Thomson. (Indem er eins abnimmt) O meine Fanni! Wie lieb ich sie! (Er umarmt sie) Nein! nichts, selbst der Tod soll uns nicht trennen! Entweder siegen oder sterben!

York. Siegen oder sterben.

Thomson. Also ist nun unser Bund auf ewig geschlossen!

York. Auf ewig! Und nichts soll ihn zerreissen.

(Sie reichen einander Hände)

Hier ist das Siegel.

(Sie hält das Terzerol über die Hände und Thomson das seinige.)

Thomson. Himmel und Erde sollen uns nicht trennen.

York. Himmel und Erde nicht!

Thomson. O meine Fanni! Nun hat Thomson auf einmal Heiterkeit, Muth und Hoffnung.

York. Nun gefallen sie mir!

Thomson. Und nun sehe ich, daß Fanni ein Mann ist; von nun an wird ihr Thomson sie nicht mehr Fanni nennen, sondern York, bis er sie einmal als Weib in seine Arme schließt.

York. Bravo! Herr Kriegskamerad!

Thomson. Lassen sie uns geschwind einstecken! Trim kommt.

(Sie stecken die Terzerolen in die Tasche.)

Vierzehnter Auftritt.

Die Vorigen und Trim.

Trim. Da bring ich das Kästchen. Das Ding ist so schwer, wie Blei. Es sind doch keine Patronen darin?

York. Sie habens errathen, Herr Korporal! Es sind Patronen.

Trim. Ei! die kann man brauchen, wenns wider den Feind geht.

York. Ja! Die werden uns gute Dienste thun. Nun! noch ein Glas! Herr Trim! Aufs Wohl des Königs!

Trim. Ja! das darf ich nicht abschlagen. Das muß getrunken seyn. Ich hab meinem König nun 20 Jahre gedient, hab manchen Sturm mit ausgestanden, manche Schlacht mitgeliefert, und ihm manchen braven Rekruten zugeführt.
(Er hält das Glas in die Höhe)
Gott! erhalte den König!

York. Nun! ich danke für die Bemühung! Hier ist noch etwas zu einem Glas Rum.

Trim. Nein! mein Herr! das ist zu viel! Sie haben mir schon eine Guinee gegeben.

York. So nehmen sie doch nur diese noch!

Trim. Ei! da kann ich lange Rum dafür trinken. Ich danke vielmals! Wenn ferner was zu Diensten steht, befehlen sie nur! (Geht ab)

York. Wohl! Herr Trim!

Fünfzehnter Auftritt.

York und Thomson.

York. (geht an den Tisch, schließt das Kästchen auf) Sehen sie! lieber Thomson! diese goldenen Patronen, mit des Königs Bildniß werden uns in Amerika gute Dienste leisten. Es sind 2000 Stück. Und diese Juvelen sind immer noch ihre 30000 Pfund Sterling werth.

Thomson. Da haben sie sich wahrhaftig gut versehen, lieber York!

York. Nun! das freut mich, daß sie Wort halten, und mich bei meinem männlichen Namen nennen.

Thomson. Wenns nur glücklich hinaus-
geht!

York. Das wollen wir nunmehr dem Himmel überlassen. Das Unsrige ist gethan.

Thomson. Und nun noch Eins. Sie haben mir noch etwas über den Ausgang zu sagen,
den ihr Plan nehmen soll.

York. Uiber den Ausgang? — Wenn wir
einmal glücklich in Boston angelangt sind, dann kauf
ich sie von ihrem Dienste los, wir lassen uns trau-
en, ich melde dann unsere Verbindung meinem Vater, und schreib ihm, daß wir jeden Augenblick bereit sind, nach England zurückzukommen, wenn er
in unsere Verbindung einwilligt und ihren Vater
losläßt. Mein Vater, der mich zärtlich liebt und
schon in England diese Wünsche gerne befriedigen
würde, wenn ihm der Eigensinn meiner Mutter
nicht entgegen wäre, wird mit Freuden und ohne
Bedenken in Alles willigen, und auf solche Art
wird dieser Plan den besten Ausgang bekommen.

Thomson. O bester York! Wie herrlich
ist ihr Plan! Ich bin ganz entzückt. Millionenmal
gesegnet sey das Schiff, das uns glücklich nach Boston bringt.

Sechszehnter Auftritt.

Die Vorigen und Trim.

Trim. Sie möchten sich's gefallen lassen, zum
Speisen zu kommen!

Thomson. Kommen sie! Herr York!

York. Sogleich. (Er verschließt das Kästchen) Herr Korporal! Bleiben sie hier?

Trim. Ich geh immer hier auf und zu. Warum? mein Herr!

York. Die Patronen werden doch hier sicher seyn?

Trim. Seyn sie unbesorgt! Die soll kein Teufel hier antasten!

(ab)

Fünfter Akt.

(Im Hause des Hrn. Filding)

Erster Auftritt.

Frau Filding allein.

So bin ich denn auf einmal eine einsame verlassene Wittwe, und mein Haus ist mir zur Einöde geworden. Welch eine traurige Stille um mich her! Wär ich doch lieber im Grab, wo Alles ganz stille ist, wo aller Kummer und alle Leiden ein Ende haben! Aber noch bin ich da unter der allgewaltigen Hand eines grausamen Schicksaals, und der Tag ist nun angebrochen, wo die Arbeiten banger Sorgen ihren Anfang nehmen. Wer wird mich hören? Wo werd ich Hülfe finden?

Zweyter Auftritt.

Frau Filding und Emilie.

Emilie. Und sie sind schon auf meine liebe Mutter? Ich wünsche, daß sie recht wohl mögen geschlafen haben.

Fr. Filding. Das kannst du wohl wünschen, meine Tochter, aber in der That hatte ich eine sehr unruhige Nacht, mein Schlaf waren nur ängstliche unterbrochene Schlummer. Bald war ich bei meinem Sohn auf dem Schiff und hörte den Seesturm brausen; bald bei deinem Vater im Verhaft und weinte mit ihm, und so brachte ich die ganze lange Nacht hin.

Emilie. Ich habe sehr gut geschlaffen und angenehme Träume gehabt; ich weis mich aber auf keinen mehr zu besinnen, und wenn ich ein Königreich damit gewinnen sollte.

Fr. Filding. Du hast eben noch viel Leichtsinn.

Emilie. Und sie machen sich zu trübe Vorstellungen. Wir sind ja nicht die Ersten, die ein solcher Unfall betrifft. Ich denke, es soll Alles einen guten Ausgang nehmen.

Fr. Filding. Aber hör, Emilie! Wir wollen den Jakob nun einmal hinschicken zu deinem Vater, und uns erkundigen lassen, was er macht, meinst du nicht?

Emilie. Ja wohl, meine Mutter! das ist Pflicht für uns, und wird uns und ihm zur Beruhigung dienen.

Fr. Filding. Und ich denke, es wird eben so große Pflicht und Beruhigung für uns seyn, wenn wir zum Kapitain Klinton schicken, und uns erkundigen lassen, wie es um meinen Sohn aussieht.

Emilie. Thuen sie, wie ihnen beliebt!

Fr. Filding. Und wenigstens wollen wir ihm doch die Hälfte des Geldes wieder zurückschicken; braucht er es nicht, so können wir es als denn um so ruhiger behalten.

Emilie. Wie ihnen gefällig ist.

Fr. Filding. Nun so klingle dem Jakob!

(sie klingelt)

Dritter Auftritt.

Die Vorigen und Jakob.

Emilie. Höre Jakob! Du sollst hin zu unserm Vater gehen, und dich nach seinem Wohlbefinden erkundigen.

Fr. Filding. Sage ihm, daß ich sehr bekümmert um ihn seye! und daß ich ihn, wenn es ihm recht sey, heute noch besuchen würde.

Jakob. Man wird mich doch nicht auch im Verhaft behalten?

Emilie. Alberner Mensch! Geh und mache unsere zärtliche Begrüssung!

Fr. Filding. Und noch eins! Jakob! Von dort gehst du zu Herrn Kapitain Klinton und verlangst meinen Sohn zu sprechen. Wenn er noch da ist, so sagst du ihm, daß diese unvermuthete Trennung seiner Mutter viel Kummer verursache, daß sie aber, weils einmal so sey, ihn der Aufsicht des Himmels empfehle. Dann sagst du ihm, daß ich ihm für das überschickte Geld, als den redend-

F

ſten Beweis ſeiner kindlichen Zärtlichkeit auf das dankbarſte verbunden ſey, daß ich aber nichts mehr, als die Hälfte davon behalten wolle, und giebſt ihm dieſes wieder zurück.

(ſie giebt ihm ein Packet Geld)

Jakob. O Frau Filding! So ſchönes Geld! Iſt ja Jammerſchade, wenn mans nicht behält. Wenns mein wäre, ich gebe keine Guine, keinen Schilling zurück.

Fr. Filding. Geh und thue, was man dir ſagt!

Emilie. Meine herzliche Begrüſſung, und ich ließ ihm nochmals Glück wünſchen!

(ab)

Vierter Auftritt.

Frau Filding und Emilie.

Emilie. Ich muß ſie auf einige Augenblicke allein laſſen, liebe Mutter! ich habe Geſchäfte.

Fr. Filding. Mache es zu deinem erſten Geſchäfte, weiße Wäſche für deinen Vater in Bereitſchaft zu halten!

Emilie. Ja! Das ſoll mein Erſtes und Vornehmſtes ſeyn.

(Geht ab)

Fünfter Auftritt.

Fr. Filding allein.

Ich bin nun doch begierig, was für Nachrichten eintreffen. Zehn Jahre von meinem Leben wollte ich darum geben, wenn dies Ungemach glücklich überstanden wäre.

Sechster Auftritt.

Fr. Filding und Hr. Pope.

Pope. Gott grüße sie! Madam!

Fr. Filding. Ei! Seyn sie mir tausendmal willkommen! bester Herr Pope.

Pope. Und sie sind so ganz allein.

Fr. Filding. Das ist ja das Loos der Unglücklichen. Ich bin nur froh, daß sie mich nicht verlassen. Aber diesen Vormittag hätte ich sie nicht erwartet. Wie kömmts, daß sie sobald hier sind? Bringen sie etwas Gutes?

Hr. Pope. Zum schlimmsten sieht es nicht aus, Madam! Um kein saumseliger Freund von ihnen zu seyn, bin ich gestern Abends nochmals zu Herrn Filding gegangen, und habe mir vollständigen Unterricht über den gesammten Zustand ertheilen lassen; darauf habe ich den nämlichen Abend noch die nöthigen Weege der Vermittlung eingeschlagen, und die Sache wäre auf dem Punkte, daß zu helfen wäre; es beruhet Alles auf Hrn. Swift und Frau Wilkes.

Fr. Filding. Haben sie mit Herrn Swift nicht auch gesprochen?

Pope. Ja! Aber er ist zu nichts zu bewegen.

Fr. Filding. Und mit Frau Wilkes wird gar nichts zu machen seyn. Gestern Abends war ihre Tochter hier.

Pope. Ihre Tochter?

Fr. Filding. Ich bin fast in Ohnmacht gesunken, wie sie sich zu erkennen gab. Sie hat meinen Sohn gesucht, und da sie hörte, daß er bei Hrn. Klinton Seedienste genommen hat, ist sie eilig wieder fort.

Pope. Herr Thomson hat Seedienste genommen?

Fr. Filding. Und das wissen sie noch nicht?

Pope. Der Kapitain Klinton ist mein vertrauter Freund, und wir waren am gestrigen Abend noch spät beisammen; er hat mir aber nicht das geringste davon gesagt, das ist das erste Wort, so ich höre.

Fr. Filding. Ich hab mich über diesen Schritt schon sehr bekümmert.

Pope. Ei! darüber dürfen sie sich nicht bekümmern; das lob ich, das zeigt viel Entschlossenheit an, da kann einmal ein rechter Mann aus ihm werden.

Fr. Filding. Der Himmel gebs! das ist das Einzige, was ich hoffe.

Pope. Nun und was fürchten sie von dem gestrigen Besuch der Miß Fanni.

Fr. Filding. Sie will auf Tod und Leben von meinem Sohn nicht laßen. Gott weis, was sie noch unternimmt. Wenn nun ihre Mutter etwas davon erfährt, so ist Alles aus, so sind wir von dieser Seite verloren.

Pope. Das ist freilich ein schlimmer Umstand. Ihr ganzes Schicksaal hängt auf solche Art von der Frau Wilkes ab. Nicht Herr Thomson, nicht Miß Fanni, nicht Herr Filding ist schuld an diesem Uglücke, sondern einziges allein der Eigensinn dieses Weibes. Wäre dieser Eigensinn nicht, so könnten sie alle zufrieden und glücklich seyn. Gedulden sie sich Madam! Ich will einmal sehen, ob ich Herrn Wilkes nicht auf die Seite bekomme. Er ist ein sehr vernünftiger, rechtschaffener und billig denkender Mann. Vielleicht sind die Sachen auf einen guten Weeg einzuleiten. Haben wir diesen auf der Seite, dann brauchen wir Hrn. Swift und Fr. Wilkes nicht, und ich hoffe etwas bei ihm auszurichten, denn ich gelte was bei ihm.

Fr. Filding. O Herr Pope, sie gießen in dem Augenblick ein reiches Maaß von Trost über mein Herz aus!

Pope. Das freut mich, wenn sie in meinem Entschluße Trost finden, und sogleich soll er zur Ausführung gebracht werden dieser Entschluß. Von dieser Stelle hier will ich gerade zu Herrn

Wilkes gehen. Bleiben sie unterdessen ruhig! Ich komme bald wieder zu ihnen.

(ab)

Siebenter Auftritt.

Frau Filding allein.

Das heißt ein Freund in der Noth! —

Achter Auftritt.

Fr. Filding und Emilie.

Emilie. Wer war hier? liebe Mutter!
Fr. Filding. Herr Pope.
Emilie. Ei! das bedaure ich, daß ich nicht auch zugegen war. Hat er gute Nachricht gebracht?
Fr. Filding. So ziemlich. Er hat mir den Trost hinterlassen, daß er sich Mühe geben will, Herrn Wilkes auf die Seite zu bringen, mit dem er im besten Vernehmen steht, und ist nun sogleich hier von der Stelle an zu ihm gegangen.
Emilie. O edler Mann!

Neunter Auftritt.

Die Vorigen und Jakob.

Jakob. Da bin ich schon wieder!
Emilie. Das sieht und hört man. Nun! wie sieht's aus?

Jakob. Gut! Alles sehr gut! Herr Filding befindet sich wohl, und Herr Thomson desgleichen.

Fr. Filding. Was macht denn aber sonst mein Mann? Er wird doch wohl sehr traurig seyn?

Jakob. Ha! Was braucht er traurig zu seyn? Er hat ein schönes Zimmer, und hat Essen und Trinken auf dem Tische stehen. Er ist gute Dinge! So wollt' ich auch in der Gefangenschaft sitzen.

Fr. Filding. Das kann ich fast nicht glauben, daß er gute Dinge ist.

Jakob. Ja! auf meine Seele! Madam! Ich hab 3 Gläser Wein bei ihm trinken müssen.

Emilie. Und darum ist mein Vater gute Dinge?

Fr. Filding. Was spricht er denn Gutes?

Jakob. Ha! Wie ich nein kam, war gleich sein erstes Wort: Was machst du Gut's? Jakob! Und sein Leztes war, ob ich nicht bei ihm bleiben wollte

Fr. Filding. Und von mir hat er nichts gesprochen?

Jakob. Ja! Madam! Er sagte, sie sollten fein ruhig seyn, die Sache habe keine Gefahr, und wenn sie ihn wollten besuchen, sollten sie nur kommen, und sollten ihm seine Emilie mitbringen!

Fr. Filding. Was macht denn mein Sohn!

Jakob. O der lebt herrlich und in Freuden! Da giebts Chiokolade, Punsch, Gebackenes und Konfekt in Menge! Da hab ich 4 Gläser Wein trinken müssen, die er mir mit eigener Hand reichte, und 3 hat mir der Herr Kapitain eingeschenkt.

Emilie. Du erzählst deine Nachrichten alle nach den Gläsern, die du getrunken hast.

Jakob. Bald hätte ich das Hauptstück vergessen.

Fr. Filding. Was denn? Jakob!

Jakob. Das Geld! das Geld! (er langt es aus der Tasche hervor) Ich bin nun froh, daß ich die Guinen wieder habe; ich hab auch eine davongetragen.

Fr. Filding. Du wirst ihm das Geld gar nicht überreicht haben?

Jakob. Ja! Auf meine Seele! Madam! Sie dürfen selben hingehen und ihn fragen.

Fr. Filding. Ja was sagt er denn?

Jakob. Ich sollt's nur wieder mitnehmen, sagte er, er brauche kein Geld.

Fr. Filding. Und ich dächte doch.

Jakob. Ho! Herr Thomson und sein Kamerad haben Geld genug.

Emilie. Was für ein Kamerad?

Jakob. Ein Kriegskamerad, der auch Rekrout ist, ein junger, feiner, zarter, bildschöner

Mensch. Die zwei haben Geld wie Sand am Meere.

Fr. Filding. Das verstehe ich nicht, was mir der Kerl heut vormacht.

Emilie. Sie hören ja, daß er Wein im Kopf hat.

Fr. Filding. Wann geht denn mein Sohn ab?

Jakob. Das hab ich mein Seel nicht gefragt. Heut und Morgen, glaub ich, geht's noch nicht.

Emilie. Ach! fragen sie ihn doch nichts mehr! Geh! Leg dich aufs Bett, oder besser aufs Stroh.

(ab)

Zehnter Auftritt.

Fr. Filding und Emilie.

Fr. Filding. Jetzt weis ich so viel, als nichts.

Emilie. Ach! Lassen sie es gehen! die Zeit wird uns Alles lehren.

Eilfter Auftritt.

Die Vorigen und Brigitta.

Brigitta. Ich weis nicht, komm ich hier recht?

Emilie. Zu wem will sie?

Brigitta. Zu Madam Filding.

Emilie. Hier ist meine Mutter.

Fr. Filding. Was ist ihr Verlangen?

Brigitta. Ich soll Madam Wilkes bei ihnen melden.

Fr. Filding. Frau Wilkes? die meinen Mann hat in Verhaft bringen lassen? Wie soll ich das verstehen?

Brigitta. Es soll gestern Abends ihre Tochter hier bei ihnen gewesen seyn, und die ist seit der Zeit noch nicht nach Haus gekommen. Sie wird sie also vermuthlich hier suchen oder erfragen wollen.

Fr. Filding. Bei mir wird sie solche weder finden noch erfragen können.

Brigitta. Das kann ich mir wohl einbilden, zuletzt verliert sie solche noch gar.

Fr. Filding. Das ist leicht möglich.

Brigitta. Mir that es nur leid, daß der Eigensinn der Frau Wilkes ihrem Hause so vieler Jammer zugezogen hat.

Fr. Filding. Weis sie das?

Brigitta. Warum sollte ich das nicht wissen. Und ich bedaure nur den Herrn Thomson.

Emilie. Kennt sie meinen Bruder?

Brigitta. O nur allzugut. Ich war die Vertraute der Miß Fanni.

Emilie. So muß ihr ja die Geschichte von der vorgestrigen Flucht am besten bekannt seyn.

Brigitta. Ja! ich war selbst mit darunter begriffen.

Emilie. Wer hat sie denn veranstaltet?

Brigitta. Einzig und allein Miß Fanni.

Emilie. Und wer hat sie denn verrathen?

Brigitta. Miß Fanni hat den Verdacht auf mich, und Frau Wilkes hat sie absichtlich darin bestärkt, aber ich bin so unschuldig hierin, als das Kind in der Wiege.

Emilie. Wie kam es aber heraus, wenn Niemand um das Geheimniß sonst wußte?

Brigitta. Es ist ein Bedienter im Hause, Namens: Peter, den ich so sehr liebe, als Miß Fanni den Herrn Thomson, und dieser sollte uns auch begleiten, weil ihm nun aber sein Herz an dem englischen Boden angewachsen war, so verrieth er der Frau Wilkes den ganzen Handel.

Emilie. Da wunderts mich, daß Frau Wilkes sie bei sich behalten hat.

Brigitta. Ein Fußfall und das Vorwort meines Peters hat mich erhalten.

Fr. Filding. Nun! sie kann der Frau Wilkes sagen, wenn sie mich sprechen wolle, so könne sie mich hier finden.

Brigitta. Wohl! Madam!

(ab)

Zwölfter Auftritt.

Frau Filding und Emilie.

Emilie. Jetzt waffnen sie sich, beste Mutter! waffnen sie sich mit aller Stärke des Geistes! denn nun wird es einen Kampf kosten.

Fr. Filding. Ich bin schon gewaffnet! die Mutter des Thomsons und die Gattin des Hrn. Filding wird mit Frau Wilkes zu sprechen wissen.

Emilie. Aber brauchen sie Vorsicht.

Fr. Filding. Auch die werde ich zu brauchen wissen. Entferne dich nur jetzt, meine Tochter! denn hier geziemet deiner Mutter nur allein, das Wort zu führen.

(Emilie geht ab)

Dreizehnter Auftritt.

Frau Filding allein.

Das ist doch noch der schönste Auftritt in meinem Unglücke, daß die Urheberinn meines Jammers selbst vor mir erscheinen muß. Komm nur unbarmherzige Mutter einer durch dich unglücklichen Tochter, zu einer zärtlichen Mutter eines durch dich eben so unglücklichen Sohns! Komm nur! grausame Dienerinn einer ungerechten Rache! Das Gefühl der gekränkten Unschuld wird dir antworten! Suche nur deine Tochter bei der Unglücklichen, der dein Eigensinn ihren Mann und ihren Sohn geraubt hat! die Stimme des natürlichen Gefühls wird dir dein Unrecht zeigen! wird dich die Sprache der Sanftmuth nicht beschämen und zurechtweisen, so werden doch die Ausbrüche eines gerechten Zorns dich wenigstens treffen, wenn sie dich auch nicht erschüttern.! — Sie kommt! — Nun fasse dich! mein Herz und meine Seele sey stark!

Vierzehnter Auftritt.

Frau Filding und Frau Wilkes.

Fr. Wilkes. Madam! Nehmen sie nicht ungütig, daß ich auf einige Augenblicke bei ihnen einspreche!

Fr. Filding. Ihr Besuch ist mir angenehm.

Fr. Wilkes. Ich komme in einer besonders dringenden Angelegenheit.

Fr. Filding. Und was ist das für eine Angelegenheit? Wenn ich bitten darf.

Fr. Wilkes. Ich suche meine Tochter bei ihnen!

Fr. Filding. Da suchen sie sie am unrechten Orte.

Fr. Wilkes. Ich habe mir aber doch sagen lassen, daß sie gestern Abends bei ihnen gewesen sey.

Fr. Filding. Da sind sie ganz recht berichtet. Sie war hier, und das war für mich eine ganz unerwartete Erscheinung.

Fr. Wilkes. Was hat sie denn bei ihnen gesucht?

Fr. Filding. Meinen Sohn, und da sie ihn nicht fand, floh sie in dem ersten Augenblick wieder weg.

Fr. Wilkes. Und wissen sie nicht, wo sie sich hinbegeben hat?

Fr. Filding. Das hat sie mir nicht gesagt, das kann ich also auch nicht wissen.

Fr. Wilkes. Ach Gott! was bin ich für eine unglückliche Mutter! Soll ich dann meine einzige Tochter verlieren? Sie ist nun schon die ganze Nacht aus, und ich weis sie nirgends zu finden.

Fr. Filding. Das bedaure ich.

Fr. Wilkes. War sie nicht öfters bei ihnen?

Fr. Filding. Der gestrige Augenblick war der Erste, wo ich die Ehre hatte, sie kennen zu lernen.

Fr. Wilkes. Das verbotene Liebesverständniß meiner Tochter mit ihrem Herrn Sohn ist ihnen also doch bekannt?

Fr. Filding. Dieses Liebesverständniß erfuhr ich gestern das erstemal von einem Freund, und das zweitemal von ihrer Tochter während dem flüchtigen Augenblick ihrer Gegenwart.

Fr. Wilkes. Also wissen sie auch wohl von der Flucht, die vorgestern in meinem Garten verabredet war?

Fr. Filding. Diese Flucht erfuhr ich gestern zu gleicher Zeit von diesem Freunde, und von eben diesem Freunde erfuhr ich, daß die Madam Wilkes um dieses Liebesverständnisses willen die Verhaftnehmung meines Mannes veranstaltet hat.

Fr. Wilkes. Das habe ich nicht! Herr Swift war die Triebfeder dazu.

Fr. Filding. Nein! Sie waren die Triebfeder! Ist das recht, daß sie um einer Liebesbegebenheit willen, woran die Eltern des Liebhabers nicht den mindesten Antheil haben, ein ganzes Haus in Unglück und Jammer stürzen? Was sagt ihnen ihr Gewissen?

Fr. Wilkes. Verzeihen sie Madam! Herr Filding soll den Augenblick aus seinem Arreste seyn, wenn sie mir meine Tochter wieder herbeischaffen, und es soll ihrem Manne die ganze Schuld erlassen seyn, wenn sie ihrem Herrn Sohn Verzicht auf diese Liebe thun lassen.

Fr. Filding. Ihre Tochter kann ich ihnen nicht herbeischaffen, denn ich weis nicht, wo sie ist, und über das Herz meines Sohnes hab ich nicht zu gebieten, und wenn mein Sohn das ärmste Mädchen liebte und glaubte, glücklich mit ihr zu seyn, so würde ich mich seiner Verbindung mit ihr nicht widersetzen. Das Bedingniß selbst aber, so sie hier machen, ist beleidigend für mich und meinen Sohn.

Was haben sie an meinem Sohn auszusetzen? Ist er nicht gleiches Standes mit ihrer Tochter? Hat er nicht alle Eigenschaften, so einen Mann zieren? Aber glauben sie ja nicht, daß ich ihnen meinen Sohn für ihre Tochter durch eine Schutzrede empfehlen will; nein! das sagt ihnen nur das Gefühl beleidigter Ehre. Würde meinem Sohn diese Parthie angetragen, ohne daß ihn sein eigenes Herz dazu rief, so würde ich ihn, trotz aller Vollkommenheiten, die ihre Tochter schmücken, und ihres Reichthums, blos um ihrerwillen darum abrathen. Aber sie haben von der Seite nichts mehr zu befürchten: mein Sohn ist Soldat geworden, hat also einen Beruf gewählt, der ihn von diesem Bündniß der Liebe nun auf einmal abrufft.

Fr. Wilkes. Das dürfen sie mir nicht so übel auslegen. Ich habe an ihrem Sohn nichts auszusetzen; aber meine Tochter ist für einen Andern bestimmt.

Fr. Filding. Können sie auch die Neigung ihrer Tochter bestimmen? Oder soll ihre Tochter ihrer Neigung folgen? Dann wundere ich mich nicht, wenn sie sich mit ihrer wirklichen Neigung über die Schranken setzt.

Fr. Wilkes. Eine Tochter muß ihrer Mutter gehorsam seyn.

Fr. Filding. Und eine Mutter muß den Vorstellungen ihrer Tochter Gehör geben, und vernünftigen Grundsätzen folgen.

Fr. Wilkes. Und was sind das für Grundsätze?

Fr. Filding. Die Glückseeligkeit eines Kindes zu befördern, und seine Neigung zu Rath zu ziehen; denn ohne Neigung findet in diesem Stand keine Glückseeligkeit statt. Wenn nun ein Gegenstand, worauf die Neigung eines Kindes fällt, alle Vollkommenheiten hat, wodurch diese Glückseeligkeit erzielt werden kann, so ist es Thorheit und wider alle Grundsätze, um lächerlichen Nebenabsichten willen dieser Neigung entgegen zu handeln. Geben sie ihrer Tochter Millionen und einen Mann dazu, der eben so viele Millionen hat, ohne Neigung wird sie doch unglücklich seyn.

Fr. Wilkes. Ja! ja! Ich höre es schon daran, sie stimmen für ihren Sohn.

Fr. Filding. Nein! das können sie nicht daraus folgern, aber das, wenn es ihnen beliebt: daß sie eine Tyrannin gegen ihr Kind sind, und daß sie sich, als die erste Ursache, alles Unglück und alle üble Folgen zuzuschreiben haben, welche diese Tyrannei nach sich zieht.

Fr. Wilkes. Nein! das kann ich aus ihrem Vortrag folgern: daß sie selbst Antheil an diesem verbotenen Liebesverständniß haben müssen.

Fr. Filding. Ihre Leidenschaft hat sie verleitet, das Glück ihrer Tochter aufs Spiel zu setzen, und ein ganzes Haus unglücklich zu machen, warum sollte sie nicht eben diese Leidenschaft auch

G

zu falschen Vermuthungen verleiten? Indessen bitte ich doch, daß sie meiner Ehre nicht zu nahe treten.

Fr. Wilkes. (wüthend) Sie haben meine Tochter! Ich verlange meine Tochter von ihnen! Meine Tochter sollen sie mir geben! Ich will meine Tochter haben!

Fr. Filding. Sie werden ja rasend! Suchen sie sie selbst! Es steht ihnen mein ganzes Haus offen! und wenn sie sie nicht finden, so suchen sie sie weiter! und haben sie sie gefunden, so sperren sie sie ein und fesseln ihr einen Mann von ihrer Neigung, und ärnden sie dann die Vorwürfe, wenn sie sie zum unglücklichen Opfer ihres Eigensinns gemacht haben; ich werde dann jederzeit sie und ihre Tochter bedauern.

Fr. Wilkes. Sie müssen mir dafür haften, und sie sollen es entgelten, wenn sie mir meine Tochter nicht schaffen!

(wüthend ab)

Fünfzehnter Auftritt

Frau Filding und Emilie.

Emilie. Ums Himmels Willen! was war denn das? die Frau Wilkes ist ja ganz unsinnig geworden.

Fr. Fitding. Hast du es mit angehört?

Emilie. Ich hab Alles mit angehört; meine Mutter! Sie haben ihr das Kapitel recht schön gelesen. Aber nun kann unsere Sache sehr schlimm werden!

Fr. Filding. Sey getrost! wir wollens Gott überlassen. Frau Wilkes wird uns nichts schaden können.

Emilie. Wir müssen freylich das Beste hoffen.

Fr. Filding. Bedenke einmal mein Kind! wenn du eine solche Mutter hättest!

Emilie. Ach! beste Mutter! Nun sehe ich erst, was ich an ihnen habe.

Fr. Filding. Nein! deiner Neigung werde ich nie entgegen handeln, wenn ich sehe, daß sie vernünftig ist, und dein Glück zum Grund hat. Denn eine solche Verbindung ist eine Vereinigung zweyer Personen zum täglichen vertrauten Umgange auf Zeit Lebens; Zu einem solchen Bündniß gehört also Harmonie der Gemüther. Siehst du, was der Eigensinn einer Mutter für üble Folgen haben kann, wenn sie die Neigung ihres Kindes außer Augen setzt! Nun irrt Frau Wilkes herum und sucht ihre Tochter, und ängstigt sich um sie. Lerne, mein Kind! an diesem Beispiele, einmal Mutter werden.

Emilie. Ach! Wie lieb ich sie! Was ist es für ein Glück, eine solche Mutter zu haben!

Sechszehnter Auftritt.

Die Vorigen und Herr Pope.

Emilie. Ei! da kömmt Herr Pope!

Fr. Filding. Nun das ist gut, daß sie kommen! Ich hab wieder einen rechten Sturm ausgestanden.

Pope. Wie so?

Fr. Filding. Frau Wilkes war hier.

Pope. Frau Wilkes? Da kann ich ja gar nicht genug erstaunen! Wie kommt denn das?

Fr. Filding. Sie hat ihre Tochter bey mir gesucht.

Pope. Die hätte sie ja leichter bei mir suchen können. Nun und was hat sich weiter zugetragen?

Fr. Filding. Sie hat mir einen Haufen Inquisizionsfragen vorgelegt, und zuletzt ist sie wie rasend geworden, und ist auch so von mir abgegangen. Ists nicht so? Emilie!

Emilie. Ja! mir ist ganz bange auſſen vor der Thür geworden.

Pope. Sie werden ihr eben tüchtige Wahrheiten gesagt haben.

Fr. Filding. Ja! Ich hab meinem Gefühl den Lauf gelaſſen.

Emilie. Es war Alles treffend.

Pope. Das war wohlgethan.

Emilie. Es wird uns doch nichts schaden? Herr Pope!

Pope. Ich denke nicht. Seyn sie nur zufrieden! Nach dem Regen scheint die Sonne. Sie werden bald einen beſſern Besuch bekommen.

Fr. Filding. Einen Besuch? Darf ich nicht wiſſen, wen?

Pope. Es sind ein Paar vertraute Freunde von ihnen, sie werden gleich hier seyn! — da kommen sie wirklich schon!

Siebenzehnter Auftritt.

Die Vorigen, Herr Wilkes und Herr Filding.

Emilie. (Mit offenen Armen entgegen) Ach! mein Vater!

Fr. Filding. Was? mein Mann? Filding auf einmal wieder aus dem Arreste? Da kann ich gar nicht genug erstaunen. Wie soll ich das verstehen?

Hr. Filding. Willkommen! Frau Filding! Sie scheinen ja ganz bestürzt? Oder sind sie böse auf mich.

Fr. Filding. Hätte ich wohl nicht Ursache dazu?

Hr. Filding. Verzeihen sie, daß ich ihnen Schrecken und traurige Stunden verursachte, die Schuld liegt nicht an mir.

Fr. Filding. Aber doch der erste Grund dazu.

Pope. Seyn sie ruhig, Madam! die Sachen stehen nun alle gut.

Fr. Filding. Nun! so sagen sie mir doch nur, wie es kömmt, daß sie auf einmal wieder so geschwind aus ihrem Arreste entlassen sind?

Hr. Filding. Das haben sie hier der Großmuth des Herrn Wilkes zu danken, der Bürge für Alles geworden ist.

Fr. Filding. So lerne ich also in ihnen den Wiederhersteller meiner Ruhe und Zufriedenheit kennen? O großmüthiger Mann! wie soll ich ihnen das verdanken?

Hr. Wilkes. Sehen sie das, was ich gethan habe, als eine gerechte Bestrafung des thörichten Eifers meines eigensinnigen Weibes an, wodurch die Verhaftnehmung bewürkt worden ist, und meine Bürgschaft als eine Genugthuung.

Fr. Filding. Das ist zu viel, Herr Wilkes! Ich bewundere ihre Denkungsart; aber wie wird mein Mann seinen Bürgen bezahlen?

Hr. Wilkes. Für das seyn sie unbesorgt! Ihr Glück ist noch auf dem Wege. Das Schiff, worauf ihr Mann assekurirt hat, ist nicht gescheitert, es hat nur Mast und Segel verloren. Es liegt zu Kadix vor Anker, und wenn es wieder im seegelfertigen Stand ist, wird es ihnen seine Ladung bringen.

Fr. Filding. Ist das gewiß? Herr Wilkes!

Hr. Wilkes. Darauf dürfen sie sich verlassen; Ich habe es aus zuverlässigen Nachrichten.

Fr. Filding. Ach! wie erfreuen sie mich! Wenn doch in diesem Augenblicke mein Sohn da wäre!

Hr. Wilkes. Den werden sie bald hier sehen; auch meine Tochter soll hieher kommen, wie Herr Pope mich versichert hat.

Fr. Filding. Auch Miß Fanni? Wissen sie also den Ort ihrer Zuflucht?

Hr. Wilkes. Ich weis nicht, wo sie ist, aber Herr Pope hat mir versprochen, sie herbei zu schaffen.

Fr. Filding. Und Miß Fanni sollen wir auch hier bei uns sehen?

Hr. Wilkes. Ja! ja! da fragen sie nur Herrn Pope!

Pope. Da dürfen sie sich darauf verlassen Madam! Herr Thomson wird kommen und auch Miß Fanni.

Fr. Filding. Nun das soll mich recht freuen, so kann ich doch die Forderung der Madam Wilkes erfüllen.

Hr. Wilkes. Wie so? Madam!

Fr. Filding. Sie war kurz vor ihnen hier, und hat ihre Tochter von mir verlangt.

Hr. Wilkes. Hier bei ihnen war sie? Da kann ich nicht genug erstaunen! Nun, wenn wir sie nur erst einmal aus der freundschaftlichen Hand des Herrn Pope haben, dann soll sie solche auch aus keinen andern Händen bekommen, als aus den ihrigen.

Achtzehnter Auftritt.

Die Vorigen, Kapitain Klinton, Thomson und York.

Pope. Willkommen! Herr Kapitain! Ich hab sie schon lange hier erwartet.

Fr. Filding. Ach! mein William! Nun bist du wieder in den Armen deiner Mutter!

Hr. Filding. Sey mir willkommen! mein Sohn! Unser Schicksaal hat sich geändert.

Emilie. Ich freue mich Bruder! dich glücklich wieder zu sehen! das war eine kurze Seereise.

Thomson. Was weder angefangen noch vollendet ist, darüber kann man sich nicht freuen.

Fr. Filding. Nun! Herr Kapitain! Sie werden mir doch meinen Sohn losgeben?

Kapitain. Mit dem größten Vergnügen.

Thomson. Geben sie sich keine Mühe! liebe Mutter! Mein Entschluß ist einmal gefaßt, und nunmehr bleibe ich auch dabei. Ich behalte Seedienste.

Fr. Filding. Und du wolltest nun, da Alles wieder im erwünschten Stande ist, dich dem Schooße deiner Familie entreissen, und dich unnöthigerweise dem Wind und Wellen anvertrauen?

Emilie. Ach! glauben sie das nicht liebe Mutter! Es ist sein Ernst nicht.

Thomson. Ja! ja! Es ist mein vollkommener Ernst.

Fr. Filding. Denken sie, Herr Pope! mein Sohn will nun nicht bei uns bleiben.

Pope. Wie? Herr Thomson! was wollen sie zur See? Sie haben es ja zu Hause weit ruhiger. Betrüben sie doch ihre Mutter nicht!

Hr. Filding. Nein! mein Sohn! du mußt bei uns bleiben.

Thomson. Ich kann nicht. Ich darf diesen Freund nicht verlassen, der um meinetwillen Dienste genommen hat.

Pope. Wie heißt ihr Freund?

Thomson. York.

Pope. Herr York! Reden sie doch ihrem Freund zu, und entschliessen sie sich beide, bei uns zu bleiben.

York. Das kann nicht seyn! Wir haben einmal Dienste genommen.

Pope. Ihr Körper ist ja gar nicht für diese Strapazen gebaut. Betrachten sie einmal diesen jungen Herrn, Herr Wilkes, und sagen sie mir, ob ich nicht recht habe?

Hr. Wilkes. Ich habe schon lange meine Verwunderung darüber bezeigt.

Pope. Betrachten sie ihn! Betrachten sie ihn recht, und sagen sie mir, ob das nicht ihre Fanni ist?

(Er fährt zurück und Fanni fällt ihm zu Füssen)

York. Erbarmen sie sich mein Vater über die Liebe ihrer Tochter!

Thomson. Machen sie uns glücklich, wenn sie uns nicht unglücklich sehen wollen!

Hr. Wilkes. Stehe auf meine Tochter! Deine Liebe hat den Sieg davon getragen! Nehmen sie sie hin! Herr Thomson, und leben sie glücklich mit ihr! Sie sind meiner Tochter würdig! — Herr Pope! Sie haben mir alle Nerven erschüttert. Warum haben sie mich nicht vorbereitet? In diesem Anzuge hätte ich meine Tochter nicht erwartet.

Pope. Sind das nicht ein Paar recht artige Rekruten?

Hr. Wilkes. Lustig! Wahrhaftig! Ein artiges Herrchen! Was doch das Mädchen nicht so erfinderisch und unternehmend ist! Nun! ihr zwey Kriegskammeraden! wollt ihr noch zur See dienen!

Fanni. Wir sind allbereits schon siegreich aus dem Treffen zurück, und überreichen hier unsere Waffen.

(Beide langen dem Hrn. Wilkes ihre Terzerolen hin)

Hr. Wilkes. Was sollen die?

Fanni. Damit hätten wir uns die Thore zur Verbindung in einer andern Welt geöffnet, wenn sie uns hier verschlossen geblieben wären.

Hr. Wilkes. Nein! Kinder! Ihr bleibt hier, und genießt auf dieser Erde das Glück eurer Liebe! (Er umarmt Beide) Herr Pope! Sie haben mir meine Tochter wieder geschenkt!

Pope. Hätte das nicht ein Paar tapfere Soldaten gegeben?

Kapitain. Hätte ich das gewußt; diese Rekruten hätte ich nicht abgegeben. Sie müssen mir ihn nun durch einen Andern ersetzen.

Hr. Wilkes. Befehlen sie nur Herr Kapitain!

Kapitain. Hier steht der Rekrut, den ich mir dagegen ausbitte. (Er deutet auf Emilie)

Hr. Wilkes. Nun! Emilie! machen sie die Freude dieses Tages vollkommen!

Emilie. Ich schätze mich glücklich, einem so braven Offizier die Hand zu geben.

Hr. Wilkes. Herr Filding! Frau Filding! Sind sie zufrieden?

Hr. Filding. Es ist eine Ehre für unser Haus.

Fr. Filding. Ich wünsche ihnen Glück! Herr Kapitain! Sie bekommen einen tapfern Rekruten. Sie hat gestern ihre Rechte mit dem Degen in der Hand vertheidiget.

Kapitain. Bravo! Da soll uns Niemand Gibraltar nehmen.

Fr. Filding. Das ist für 36 unglückliche Stunden Glück und Wonne genug.

Hr. Filding. Tausend Dank! Herr Wilkes.

Hr. Wilkes. Keinen Dank für mich, wir haben Alles der weisen Fürsorge und den gütigen Anstalten des Herrn Pope zu danken.

Pope. Ich habe nur die Pflicht eines Freundes zu erfüllen gesucht.

(sie rufen alle zusammen)

Tausend Dank! Herr Pope.

Hr. Wilkes. Nun Kinder! Damit unser aller Herzen auf einmal zufrieden gestellt werden, so wollen wir, um die vorgehabte Reise meiner Fanni noch zu Stand zu bringen, sogleich von der Stelle, wie wir hier sind, ohne allem Prunk nach Wakefield zur Trauung fahren, und so lange draussen bleiben, bis Frau Wilkes kommt, und Braut und Bräutigam mit ihren Hochzeitsgästen abholt.